내 하루는 나를 닮았으면 좋겠어

내 하루는 나를 닮았으면 좋겠어

초 판 1쇄 2023년 12월 27일

지은이 열달
펴낸이 류종렬

펴낸곳 미다스북스
본부장 임종익
편집장 이다경
책임진행 김가영, 박유진, 윤가희, 이예나, 안채원, 김요섭, 임인영

등록 2001년 3월 21일 제2001-000040호
주소 서울시 마포구 양화로 133 서교타워 711호
전화 02) 322-7802~3
팩스 02) 6007-1845
블로그 http://blog.naver.com/midasbooks
전자주소 midasbooks@hanmail.net
페이스북 https://www.facebook.com/midasbooks425
인스타그램 https://www.instagram/midasbooks

© 열달, 미다스북스 2023, *Printed in Korea*.

ISBN 979-11-6910-430-2 03810

값 17,500원

미다스북스는 다음세대에게 필요한 지혜와 교양을 생각합니다.

세상에 휘둘리지 않는, 나만의 취향껏 일상을 위하여

내 하루는
나를 닮았으면 좋겠어

열달 에세이

| 제2장 | 독단적으로 세상 살기
선택적 호구의 취향껏 사회생활

| 제3장 | 소중한 것에 집중하기

책임감 있는 개인주의자의 취향껏 사생활

시작하는 이야기

베이스와 드럼이 센 음악을 좋아한다. 방탄 커피, 말차, 밀크티를 좋아한다. 보라색 아이템을 보면 자동으로 눈이 반짝인다. 미니멀리스트로 살고 싶지만 갖고 싶은 위시리스트를 수시로 적어댄다.

남들이 자는 이른 시간에 일어나려고 매일 새벽마다 용을 쓴다. 새벽에 일어나면 집에서 운동하고 책도 읽고 하루 계획도 세운다. 이렇게 사는 게 갓생인지 미라클모닝인지 사서 고생인지 뭔지는 잘 모르겠다. 하지만 나는 내가 좋아하는 나만의 일상이 있다.

"부드러운 것은 힘이 세다."

『아침의 피아노』라는 책에서 작가 김진영 님이 해주신 말이다. 어쩌면 기존의 편견이나 상식과는 다른 이 말은 부드러움만으로도 충분할 수 있고 부드러움이 오히려 월등할 수도 있다는 생각이 들게 해주었다.

인생을 잘 살기 위해서는 나만의 확고하면서도 유연한 기준이 필요하다. 그러기 위해서는 자신의 취향을 잘 알고 그것에 맞는 본인만의 철학이 있어야 한다. 취향에 맞는 확실한 기준을 세우고 취향껏 일상을 살아갈 때 우리의 일상은 '온전히 나를 닮은 하루'가 된다. 타인과는 다른 나만의 하루하루 일상을 산다면 목표를 향해 가는 길도 고되지만은 않을 것이다. 오히려 더 빠르고 쉽게 갈 수 있다.

세상에 휘둘리지 않는 나만의 생각과 취향으로 나를 닮은 하루하루를 보내자. 그런 심지 있는 일상들이 반복되면 우리에게는 매일의 행복이 일상이 되고 그 매일의 행복한 일상이 모여 우리가 원하는 삶을 살게 된다.

'당신은 당신이 생각하는 대로 살아야 한다.

그렇지 않다면

머지않아 당신은

사는 대로 생각하게 될 것이다.'

폴 발레리의 말처럼

당신은 당신이 꿈꾸는 대로

당신과 닮은 하루하루를 살기를.

내 하루는 나를 닮았으면 좋겠어

제1장

취향에 눈 뜨기

평범한 '어른이'의 취향껏 일상

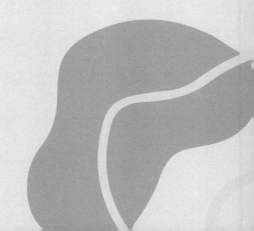

1
나를 잃어버렸다

    스물여섯에 한 아이의 엄마가 되었다. 스물아홉에 두 아이의 엄마가 되었다. 뒤돌아 생각해 보니 적은 나이도 아니었지만 뭘 제대로 아는 나이도 아니었다.

    엄마라면 누구나 겪는 과정인 건지 정말 신기하게도 나 역시 엄마가 되고 나서 나를 많이 잃어버렸다. 아이를 낳기 전에는 그래도 내 세상의 중심은 모두 나였다. 하지만 아이들이 태어나고 나니 내 세상에 나는 없었다.

    출산 전부터 '아이들에게 헌신'이라는 건 있을 수 없다고 생각했다. 내가 누구를 위해 헌신하고 희생한다는 것 또한 불가능하다고 생각했다. 하지만 평범하다고만 생각했던 내 몸에서 신비롭고도 요상한 두 우주가 나오고 나니 인생의 최우선이 바뀌었다. 자각도 없이 이미 바뀌어 있었다.

무엇을 보고 느끼고 생각하더라도 나 스스로는 고려 대상에서 빠졌다. 아이들의 시간과 시선에 맞춰 모든 것들이 돌아갔다. 아이 대신 위험한 행동을 스스럼 없이하고도 다치고 나서야 혹은 다칠 뻔하고 나서야 '아, 나도 아플 수 있었지.' 하고 뒤늦게 깨닫기도 했다. 머리가 어떻게 되어버린 것 같은 느낌이었다. 나도 다칠 수 있다는 걸 잊는다니.

몸과 마음, 온 정신은 아이들에게 가 있어도 머리로는 여전히 예전과 생각이 같았다. 엄마가 되고 난 후의 변화를 자연스럽게 받아들이지 못했다. 아이들이 최우선이고 중요하면서도 '아이들이 내 전부는 아니다. 아이들의 행복을 위해서라도 엄마인 내가 먼저 행복해야 한다.'라는 생각들이 약간은 강박에 가깝도록 머릿속에 있었다.

하지만 생각이 그렇다고 해도 내가 나를 위해 시간을 쓸 여력은 없었다. 덕분에 나는 온전히 행복할 수 없었다. 사랑하는 두 아이가 내 곁에 있지만 정작 '나는 누구'이며, '여긴 어디'인 걸까. 내 인생은 어떻게 흘러가는 걸까. 내가 그토록 애정해 마지않던 나는 어디로 사라져 버린 걸까. 결혼하고 출산하는 건 인생의 당연한 순서라고 생각했고 그 순서는 내 인생 속의 정해진 순리였는데 정작 내 세상의 나는 왜 길을 잃은 기분인 걸까.

소심하고 내성적이어도 스스로에 대한 확신이 있었고 세상은 내가 만들어두었던 틀에 박힌 듯이 또렷했었는데 어느샌가 내 세상은 불투명해져 있었고 나도 나 스스로 믿을 수 없었다. 누군가의 부인이 된다는 것, 엄마가 된다는 것. 그것들로 인한 많은 변화가 내 세상을 뒤흔들고 있었다.

나는 사람들을 볼 때 모두가 하나하나의 우주라고 생각한다. 어떤 과학적인 이유로 그렇다는 것이 아니라 그저 모두 소중하고 신비로운 존재이기 때문이다.
지금 내 상황이 어떻든 내 우주의 주인은 나다. 나 역시도 어머니의 열 달 배 속을 거쳐 지구에 찾아온 소중하고 존중

받아야 할 존재다. 이 우주의 주인을 스스로 잃어버려서는
안 된다. 나를 찾아와야만 했다.

2
취향을 안다는 것

* 취향(趣向) : 하고 싶은 마음이 생기는 방향. 또는 그런 경향.
(출처: 네이버 어학사전)

다른 사람들에게 잘 맞춰주는 편이다. 먹는 거나 입는 거, 노는 거 모두 그렇다. 굳이 내 의견을 내밀었다가 그에 대한 평가를 받는 것도 불편하고 내 생각과 의견이 다를 수도 있는 상대방에게 의견을 먼저 드러내어 원치 않는 옵션일 때의 난처함을 겪게 하고 싶지도 않다. 내 뜻대로 하는 것보다 상대방 의견에 맞춰주는 게 더 속 편한 타입이다.

특히 상대방에게 맞춰줘도 아깝지 않을 소중한 사람들만

내 사람들로 두고 만나기 때문에 더욱 그렇다. 그것은 나에게 불편하거나 아쉬운 일은 아니다. 오히려 기분 좋은 일이다.

나는 '무엇을 어디서' 먹느냐보다는 '누구와 어떻게' 먹느냐가 더 중요한 사람이다. 그래서 웬만하면 취향이 없는 듯이 굴었고 상대에게 맞춰주며 살았다. 직장에서 근무하고 있던 어느 평범한 날, 직장 동기가 나에게 물었다.

"언니는 좋아하는 게 뭐예요?"
"좋아하는 음식이 뭐예요?"
"좋아하는 옷 스타일이 뭐예요?"

나에 대해 여러 가지를 묻던 동기의 질문에 제대로 대답할 수 있는 게 없었다. 이미 애는 둘이고 나이는 30대 초반이었기 때문에 나는 나를 잘 안다고 생각했지만, 막상 나에 관해 묻는 사람에게 제대로 대답해 줄 수 있는 게 없어서 조금은 신선한(?) 충격이었다. 나는 왜 내가 좋아하는 것들에 대해서 잘 모르고 있었을까. 다른 사람들에게 맞춰주기만 하다 보니 정작 내 취향에 대해서는 중요하게 들여다본 적이 없었다. 그때부터 나는 내가 좋아하는 것들에 대해서 관심을 가지게 되었다.

'내 취향'이란 싸이월드 홈페이지에서 싸이 감성에 젖어 있던 시절에 백문백답의 답변을 쓸 때나 생각해 봄 직했다. 일상에서 내 취향에 대해 생각해 본다거나 그걸 의사결정에 반영해 본 경험이 거의 없었다.

지금도 여전히 나는 '내가 소중하게 생각하는 사람들과의 시간'에 '그들의 선호에 맞춰주는 것'이 좋다. 하지만 본인 취향에 대해서 모르면서 다른 사람에게 일방적으로 맞춰주는 것과 나에 대해 잘 알면서 상대방에게 맞춰주는 것은 분명 다르다. 그 어느 평범했던 날, 모호했던 내 마음과 선호에 대해서 자세히 생각해 본 덕분에 이제는 스스로 확고한 나만의 기준이 생겼다.

* 취향(인지)의 효용

1. 상대방이나 나의 의사결정을 쉽고 빠르게 돕는 역할을 한다.
2. 내 취향을 공유함으로써 상대가 나에 대해서 알고 이해할
   기회를 준다.
3. 하루하루를 어떻게 살아야 할지 가이드 역할을 하고
   추진 동력이 되어준다. (삶의 목표와 꿈이 '내 취향'에 맞도록
   구체화, 현실화해준다.)

보라색은 나를 설레게 한다.
언제 봐도 반가워서 보라색 물건이 있으면
자연스럽게 눈이 간다.
좋아하는 색이 있다는 건
일상의 무료함을 깨우는 즐거움이다.

3
사는 게 재미가 없단다

항상 남을 배려하며 착하게 살던 내 친구는 사는 게 재미가 없다고 했다. 무기력하다고 했다. 왜 사는지 모르겠고 인생이 짧았으면 좋겠다고 했다. 친구가 낳은 아이 둘은 초등학생이 되었고 친구는 직장에서도 오래 근무하여 월급과 신분이 안정되어 있었지만 오랜 육아와 직장생활 등에 회의를 느끼며 불안해하고 있었다. 겉으로는 안정되어 보이는 오랜 친구가 실제 마음속으로는 불안과 무기력을 겪고 있는 것이 안타까웠다.

하지만 이런 불안과 무기력이 그 친구만의 문제일까. 회사에서 열심히 일하고 집에서는 육아, 살림, 재테크 공부를 하지만 노후의 불확실성은 쉽게 사라지지 않는다. 몸은 지치고 나를 위한 시간조차 내기 힘들고 막상 나만의 시간을 낸다고 해도 마음이 편하지 않고 죄책감을 느낀다. 쉬면 안 될 것만 같다. 열심히 살고 있어도 당장 성과로 이어지는 일은 없다. 매일 반복되는 듯 안정되어 보이는 삶이지만 무엇 하나 제대로 보장되어 있지 않은 미래는, 우리를 끝없이 불안하게 한다.

더 잘 살려고 재테크나 자녀교육에 골몰하지만, 막상 '우리의 인생'에 '우리'는 없는 것. 새로운 성취도 딱히 없고 성취가 있다고 해도 '인생을 살아낸다'는 데 크게 동기부여가 되지 않는다.

일상 역시 그저 지나가 버리는 시간이 되었다. 마흔을 앞둔 나도 그 친구와 별다르지 않다. 마음 편히 쉴 수 없고 내가 지금 잘하고 있는지 앞으로 잘할 수 있을지에 대해 확신이 없다. 현재와 미래가 모두 불확실하기만 하다.

때때로 우리는 미래를 위해 현재의 행복을 미뤄두고 현재

를 희생하며 노력한다지만 우리 인생의 시간은 어느 순간에
도 우리를 기다려주지 않는다. 일방적인 'GO'의 시간만 주야
장천 이어지다 알 수 없는 그 어느 날에 갑자기 막을 내린다.
아니면 그 어느 날에 갑자기 병들어 시들어 버리거나.

　　그렇기에 알 수 없는 먼 미지의 미래로 행복을 미뤄두지
말고 '오늘, 지금, 여기'에서도 행복을 느낄 수 있어야 한다.

　　『행복의 기원』이라는 책에서 저자는 '행복'이 생존을 위해
필요한 수단이며 행복의 조건은 돈이 아니라 사람이고 행복
은 기쁨의 '강도'가 아니라 '빈도'가 중요하다고 이야기한다.
그러면서 과도한 물질주의는 행복에 치명적이라고 이야기한
다.

　　돈은 우리가 살면서 겪는 여러 가지 문제들을 사소한 문제
로 취급하고 손쉽게 처리할 수 있도록 도와주는 수단이다.
하지만 그것이 내 일상을 모두 차지하는 순간 우리는 행복하
기 어려워진다. 돈이 가장 우선이 되어 소중한 사람들과의
관계는 물론 나 자신조차 뒷순위가 되어버린다면 우리는 목
표한 돈의 액수를 채우기 전까지 불행한 삶을 살 수밖에 없

다. 아니, 설사 목표를 이뤘다고 해도 행복이 보장되어 있지도 않다.

 아마도 삶의 중간 어디쯤을 살고 있을 우리는, 경제적 문제에서 벗어날 수 없다. 부모님은 점점 나이가 드시고 아이들은 하루가 다르게 쑥쑥 자라며 내 몸은 조금씩 망가지기 시작한다. 그 과정에서 수많은 문제와 부닥치며 마음은 불안하고 초조하다. 경제적 자유를 이루기 위해, 모두를 편안하고 여유 있는 상태로 만들기 위해 쉬지 못한다.

 직장인 엄마라면 직장에서 평일 8시간씩 살아내는 것만도 충분히 지친다. 전업주부라고 몸이나 마음이 더 편하고 시간 여유가 더 있는 것도 아니다. (내가 전업주부였던 삶을 돌이켜봤을 때 그렇다.) 직장을 다니는 아빠도, 미혼의 남녀도 사회생활로 심신이 고되기는 마찬가지이다.

 하지만 더 지치지 않기 위해, 이루고 싶은 삶의 목표들을 이루기 위해 더더욱 지금 일상의 행복을 미루지 말아야 한다. '미래의 목표'와 '현재의 나' 중에서 어떤 것도 희생시키지 말고 균형을 이뤄야 한다. 지치지 않고 계속 꿈을 좇기 위해서라도 꾸준히 행복해 '일상의 행복'을 땔감으로, 수단으로 써야 한다. 우리가 본인의 원하는 바를 잘 알고 취향껏 일상을 살아야 하는 이유도 '일상의 행복'을 잘 찾아 쓰기 위해서다.

4
엄마는 꿈이 뭐예요?

아이들과 이야기하다가 종종 아이들이 커서 뭐가 될지 정말 궁금해질 때가 있다. 그럴 때 '꿈이 뭐냐'고, '되고 싶은 게 있느냐'고 묻는데 어떤 날은 아이가 나에게 되물어왔다.

"엄마는 꿈이 뭐예요?"
"엄마는 뭐가 되고 싶어요?"

엄마는 되고 싶은 거 다 되어봐서 더 꿈이 없다고 엄마는 앞으로 할머니 되는 일만 남았다고 농담처럼 받아넘겼다. 하지만 생각지도 못했던 질문이었다. 정작 나는 내 꿈에 대해서 생각하지 않았다. 내가 뭔가가 더 될 수 있다는 생각을 못 했다는 표현이 맞겠다.

'맞아, 내 꿈은 뭐지? 내 인생은 앞으로도 꽤 많이 남았는데 그냥 이대로만 살아도 될까. 어렸을 때 학교에서 적어냈던 많은 장래 희망들은 진짜 내 꿈이었을까.' 인생의 중간쯤 온 지금, 나는 무엇을 꿈꿔야 할까. 내가 새롭게 될 수 있는 무언가가 있긴 할까. 나의 꿈을 찾아봐야만 했다.

엄마의 하루라고 남들보다 더 길 리가 없다. 멈칫하며 길을 잃는다고 하더라도 시간은 부지런히 지나간다. 아침에 일찍 일어나 아침 식사 준비하고 내 출근 준비, 아이들 등교 준비하면 아침 시간은 전쟁같이 지나간다. 매일매일 크게 다르지 않다.

출근하는 아침이면 늘 전쟁 같은 시간이고 그것이 크게 힘들다거나 하지 않더라도 어쨌거나 시간은 금방 지나간다. 그렇게 출근해서 쌓인 업무를 처리하다 보면 점심 먹으러 가야 하고 오전에 못 끝낸 일, 미리 해놔야 하는 일들을 하다 보면 오후 시간도 순식간에 지나간다.

퇴근해서는 저녁 준비해서 저녁 먹고 애들 숙제 봐주고 안 자고 싶은 애들을 재운다. 얕은 숨 헐떡거리듯 그렇게 하루가 끝나간다. 진이 다 빠져 애들 재우고 난 이후에는 괜히 궁금하지도 않은 뉴스나 가십거리들을 이것저것 찾아보다 피로에 찌들어 잠을 잔다. 그다음 날도 다를 게 없는 하루가 이어진다.

이대로 괜찮은 걸까. 하루 중 대부분 시간을 사무실에서 보내고 잠깐의 아침과 저녁 시간은 할 일에 치여 오로지 주말만 기다리다 주말에는 초과근무를 하거나 집에서 빈둥거리거나. 계속 이렇게 살고 싶지는 않았다. 내 소중한 하루하루를 이렇게 보낼 수는 없었다. 그렇다고 슈퍼맨처럼 이것저것 척척 다 해내면서 자기 계발에 몰두할 자신도 없었다. 애당초 루틴처럼 굳어진 꼭 해야 하는 일들도 제대로 해내고 있는 건 없었다.

이대로는 어떤 것도 잘하지 못하는, 그저 적은 월급만 바라보고 살다 은퇴해서도 가난하게 사는 그저 그런 할머니가 될 일만 남은 것 같았다. 체력이 부족한 몸은 늘 피로를 달고 있었고 두통도 있었다. 그래서 다시 또 나에게 물었다.

'그래서 뭐가 되고 싶은데?'
'뭘 어떻게 하고 싶은데?'

5
취향은 꿈과 맞닿아 있다

'취향대로 산다'는 것과 '꿈을 꾸며 산다'는 것.

다르게 들릴 수도 있고 비슷하게 들릴 수도 있겠지만 결국 '원하는 대로 살고 싶은 마음'이라는 것에서 맥락을 같이 한다. 우리는 장기적인 꿈을 이루기 위해 현재의 단기적인 짧은 일상도 소중히 살아야 한다.

'소중히 산다'는 말의 의미는 사람에 따라 다를 수 있다. 목표한 꿈을 이루기 위해 하루하루 노력하며 현재의 즐거움은 포기하거나 미뤄두고 단기간에 집중하여 살 수도 있고 본인이 좋아하는 걸 미뤄두지 않고 계속해 나가며 살 수도 있다.

우리는 '인과응보설'과 '노력에 대한 선호'로 첫 번째 경우를 더 좋게 보는 경우가 있다. 내 필명이 '열달', 즉 '열매가 달도록'인 것처럼 나 역시도 꿈을 이루기 위해 노력하는 사람이다.

하지만 목표한 대로 이루어 가더라도 그 자체로 하루하루가 즐겁고 보람 있지 않다면 우리는 쉽게 지치지 않을까. 언제 이루어질지도 모르는 그 꿈을 이루기 위해 소중한 하루하루를 희생해야만 할까.

우리는 목표를 이루기 위한 계획 속에 우리가 원하는, 우리의 '취향'을 넣어야 한다. 다시 일어나는 내일 아침이 기대되고 설렐 수 있도록 지금 당장 오늘도 지나치게 고통스럽기만 해서는 안 된다. 언제 마침표가 찍힐지 모르는 삶이기에 더더욱 행복을 나중 일로 미뤄두지 말고 매일 행복해야 한다.

'취향껏 일상을 산다'는 것은 내가 좋아하는 것들에 집중하며 내가 원하는 '나다운 하루를 산다'는 의미이고 '내 목표를 이룰 수 있도록 삶을 산다'는 의미이다. 우리의 삶은 죽기 직전 목표를 이룬 그 시점뿐만 아니라 하루하루가 모인 과거와 현재, 앞으로의 미래니까. 현재의 행복도 미루거나 포기할 수 없다. 나다운 취향껏 일상을 살면서 내가 가진 꿈도 이루어야 한다.

고양이를 좋아한다.

귀여운 눈매도 좋고 부드러운 털도 좋다.

'야옹'하는 목소리도 좋다.

독립적이면서도 비비적대기를 좋아하는

상반된 성격도 귀엽다.

6
꿈을 꾸기에 늦은 나이는 없어

둘째가 돌이 조금 지나서 공무원 공부를 시작했다. 1년 4개월쯤 지나서 공무원 시험에 합격했고 그해에 근무를 시작했다. 그때 첫째가 여섯 살이었고 둘째가 세 살, 나는 서른두 살이었다. 아이를 둘 낳고 늦은 나이에 공직에 들어온 나에게 사람들은 대단하다고도 했고 특이하다고도 했다. 어떤 사람들은 너무 늦은 나이에 공무원에 들어왔다고 안타까워하기도 했다. 일찍 공무원에 들어오지 않은 걸 후회하지 않냐고도 물었다.

나를 걱정하는 말이라고 생각해서 '일찍 들어왔으면 좋았겠죠. 공무원은 일찍 들어오는 게 좋죠.'라고 대답했고 실제로 그렇게 생각하기도 한다. 하지만 공무원에 들어오기 전에 하고 싶어 했던 수많은 일을 했었고 그것을 바탕으로 지금의 내가 있기에 상대적으로 늦게 입직한 것에 대해 후회하지는 않는다. 현재뿐 아니라 앞으로도 다른 무언가를 하기에 늦은 나이라고 생각하지도 않는다.

성인이 되고 나면 '그 이전의 경험을 바탕으로' 모든 걸 시작한다. 뿌리가 이미 자라나 있다. 지금의 내가 있는 건 공무원이지 않았던 그 지난날, 많은 시행착오 속의 내가 있었기 때문이다.

공무원이 일찍 되었다면 공무원이 되기 전 경험들은 전혀 할 수 없었겠지. 지금의 나는 공무원으로서 다양한 시행착오를 겪으며 여러 가지 경험을 쌓고 있다. 신분이 바뀌었을 뿐 흐르는 인생의 시간 속에서 여러 가지 경험을 쌓아가며 성장하는 건 똑같다.

덧붙여 생각한다. 무엇을 시작하기에 늦은 나이가 있을까. 그건 더 이상 변화하고 싶지 않은 사람들의 그저 게으른 핑계에 불과하다.

나는 여전히 새로 시작하고 싶은 꿈이 많다. 능력이 부족하고 현실에 한계가 많은 건 누구보다 더 잘 알고 있다. 시간도 부족하고 자금도 부족하며 능력도 부족하다. 하지만 그것을 이루건 못 이루건 나는 꿈꾸는 일을 멈추고 싶지 않다. 꿈꾸는 일을 포기하지 않는다면 실패도 아닌 거니까 꿈을 포기해서 실패를 확정 짓고 싶지 않다.

　어려서부터 나는 꿈이 많았다. 제대로 하는 것도, 제대로 욕심나는 것도 없었지만 머릿속에는 뜬구름 잡듯이 이것저것 장래 희망이 많았다. 내 절친들도 이해 못할 나의 소싯적 장래 희망에는 사건을 추리하는 형사, 억울한 의뢰인을 위험에서 구하는 변호사, 풍부하게 노래하는 성악가, 다른 사람들을 재미있게 해주는 개그맨 등 범상치 않은 것들이 많았다.

　그것이 실현 가능성이 있었느냐는 차치하더라도 나는 여전히 하고 싶은 게 많다. 하지만 이제 나의 꿈은 장래 희망 같은 '직업'에 포인트를 두고 있지 않다. 꿈이 직업같이 딱 떨어지는 '명사'라면 오로지 그 명사를 갖는 것만 목적으로 하게 된다. 그래서 이루고 싶은 꿈은 '명사'가 아닌 '동사'이어야 한다고 들었다.

꿈이 '의사'라면 그저 '의사'만 되면 된다. 하지만 의사라는 꿈속에 아픈 사람을 치료해주는 사람이 되고 싶은 건지, 돈만 밝히는 기술적인 사람이 되고 싶은 건지는 빠져 있다. 동사로 된 꿈을 갖는다면 어떤 직업을 가진 사람이 '되는 것'뿐 아니라 본인만의 목표를 가지고 어떤 행동을 '하는 것'이 된다. 어떤 직업을 가진 사람이 되기보다 어떤 행동을 하는 사람이 되기 위해 꿈을 꾼다면 원하는 직업을 가진 후에도 오류에 빠지지 않고 본인이 꿈꾼 대로 올바른 결정을 할 수 있다. '의사'가 되고 싶어 하는 게 아니라 '아픈 사람을 치료하는 사람'이 되고 싶어 해야 한다.

나이가 점점 많아지는 '어른이'라도 여전히 이루고 싶은 꿈을 꿀 수 있다. 취향을 담아 구체적인 꿈들을 그려보자. 아래는 내가 지향하는 6가지 삶의 방향성이다. 아마 조금씩은 수정되겠지만 평생 추구하는 내용의 근본은 변하지 않을 것이다.

* 내 삶의 6가지 방향성

1. Money - pipeline : 망설이지 않고 소고기 사기

2. With my kids : 아이들과 같이 성장하는 일상 보내기

3. Writing : 내 이야기, 내 생각을 담은 책 만들기

4. Home sweet home : 단정하고 편안한 집 만들기

5. With my people : 소중한 사람들에게 필요한 사람 되어주기

6. Be healthy : 하고 싶은 걸 마음껏 할 수 있도록 건강하기

각 소망들을 간단한 영어 문구로도 만들어 쉽게 기억하고 노력할 수 있도록 했다. 여섯 가지 방향성을 꾸준히 지향하는 나의 삶은, 균형을 잃지 않고 올바른 길을 가고자 한다.

'Money - pipeline'이 1번에 온 이유는 어느 정도의 돈을 확보해야 하기 때문이다. 그래야 다른 꿈들을 지탱해 줄 수 있다. 자금적인 여유가 되지 않는다면 우리는 무언가를 선택할 수 있는 자유를 잃어버린다. 돈에 대한 문제를 과도하게 중요시해도 위험하지만 그렇다고 터부시하며 무시해 버려도

위험하다.

　6가지 방향성을 항상 생각하며 어느 한쪽으로 치우치지 않으려고 전체적으로 노력하고 있다. 아직 갈 길이 멀지만 그렇다고 그 길을 고단하게 생각하며 스스로 옥죌 생각은 없다. 꾸준히 상기시키며 노력하되 지나치게 구속받지는 않으려고 한다. 이 6가지는 사실 '목표'라고 표현하기는 조금 어렵다. 그래서 이 방향성들을 추구하기 위해 피터 드러커가 제안한 'SMART 목표 설정법'의 5가지 원칙을 되새겨 구체적인 실천 방안을 포함한 목표를 세운다. 6가지 방향성을 염두에 두고 매년 구체적인 목표를 세우고 있다.

　* 피터 드러커의 'SMART 목표 설정법'

　1. Specific : 목표는 구체적이어야 하고

　2. Measurable : 측정할 수 있어야 하며

　3. Action oriented : 행동 지향적이어야 한다.

　4. Realistic : 실현 가능해야 하며

　5. Time - bound : 기한이 있어야 한다.

피터 드러커의 5가지 원칙에 따라 6가지 내 삶의 지향을 대입해 보면 목표를 좀 더 잘 달성할 수 있도록 구체화 시킬 수 있다.

아래의 긍정 확언 10가지는 내가 지향하는 삶의 6가지 방향성을 생각하며 나만의 로망을 담아 구체적으로 만들었다.

* 나의 긍정 확언 10가지

1. 총자산이 ○○억이 되었다. 2027.12.30. (+4년)

2. 파이프라인 월 ○○만 원을 구축했다. 2027.12.30. (+4년)

3. 새벽을 여는 책방을 운영하고 있다. 2038.12.30. (+15년)

4. ○○ 아파트에 살고 있다. 2027.12.30. (+4년)

5. 아이들은 원하는 학교에서 공부하며 성장하고 있다. (계속)

6. 전자책과 종이책을 출판했다. 2024.12.30. (+1년)

7. 사람들의 동기부여 및 자기 계발을 위해 활동하고 있다.
   2038.12.30. (+15년)

8. 매월 기부를 실천하고 있다. 2027.12.30. (+4년)

9. 블로그(일 조회수 일천)와 인스타(팔로워 일만)를 안정적으로

운영하며 소통하고 있다. 2027.12.30. (+4년)

10. 비전 미팅 모임을 운영하며 사람들과 함께 성장하고 있다.
2024.12.30. (+1년)

꿈을 꾸기에 늦은 나이란 없다. 더 나은 내일을 위해 오늘의 일상도, 내일의 목표도 꾸준히 생각하고 이루어 가야 한다. 이미 나이가 많다고, 직장이 있다고 꿈꾸기를 멈춘다면 당신의 하루하루는 고단하기만 할 뿐 보람 없이 허무해져 버릴지도 모른다. 나만의 취향과 로망을 듬뿍 담아 나만의 꿈꾸기를 계속해보자.

유리병을 좋아한다.

파스타 소스를 다 먹고 난 유리병도 좋다.

깨질 것처럼 투명하면서도

맑기도 하고 단단하기도 한 유리병을 좋아한다.

7
취향껏 루틴 만들기

    외벌이 가장이자 독박육아를 책임지는 두 아이의 엄마로서 나의 육아 철학은 '자기 아이는 자기가 키워야 한다'이다. 반면에 사회화된 꼰대의 마인드를 장착하고 있기에 예정에 없던 유고로 갑자기 직장을 빠지는 건 부적절하다고 생각한다. 그래서 아이들이 갑자기 아프거나 다른 유고가 생길 때는 마음속 2가지 원칙이 충돌한다. 이 충돌하는 마인드들 사이에서 희생당하는 건 대부분 나의 모성애와 우리 어머니, 그리고 나의 아이들이지만 유고가 있든 없든 5분이 늘 아쉬운 등교 준비는 나와 아이들만의 전쟁이다. 폭풍 잔소리와 함께 서둘러 아이들 등교 준비를 마치고 출근을 하면 하루 8

시간 이상은 사무실에서 보낸다.

야근할 때는 조금이라도 일찍 귀가하기 위해 저녁을 거르는 경우가 많다. 요즘은 내가 야근할 때 아이들이 저녁을 차려 먹기도 하지만 제대로 챙겨서 차려 먹지는 못한다. 퇴근하고 집에 오면 숙제도 안 되어 있는 경우가 또 대부분이다. 아이들에게 본인의 숙제를 챙기라고 하지만 아이들은 아침에 엄마가 했던 당부를 등하교와 함께 모두 잊고 재미있게 놀기 바쁘다.

퇴근하고 와서 숙제를 챙길 생각에 한숨이 나오기도 하지만 엄마가 일하는 동안 정신없이 신나게 잘 놀아준 게 기특하기도 하다. 아이들 숙제와 다음 날 준비물을 챙기고 잠을 재운다. 일찍 재우려고 하지만 클수록 취침 시간이 늦어진다. (육아는 내 의지나 의도와는 다른 결과를 보이는 '하지만'의 연속이더라.) 그래도 아이들이 잠들면 나에게는 꿈 같은 자유 시간이 찾아온다.

그 꿈 같은 시간은 어떻게 보낼까. 정해진 일과가 없는 쉬는 시간에는 킬링타임에 온 시간을 쏟았다. 유튜브 영상을 보거나 넷플릭스를 보거나. 딱히 보고 싶은 영상이 있다거나 필요해서가 아니라 '그냥 뭐 재미있는 거 없나.' 하는 마음에서 봤었다. 의미 없는 영상들에 이런저런 명분을 붙여 재테크 영상이나 집안일 영상, 가십 영상들을 본다. 유튜브 알고리즘에 이끌려 10분, 15분씩 몇 편 보다 보면 영상 한 편의 러닝타임에 따라 30분, 1시간은 금방 지나간다. 그렇게 하고 나면 스트레스가 해소되기는커녕 시간을 낭비했다는 허무함과 자괴감, 피로감만 쌓인다. 주제를 정해서 필요한 콘텐츠를 선별적으로 본 게 아니라 유튜브 알고리즘의 노출에 따라 무작위로 영상을 재생하니 남는 게 없었다. 이런 일상들에 어떤 의미를 부여할 수 있을까. 이대로 괜찮은 걸까.

아이들은 쑥쑥 크고 있는데 나는 낡고 있다는 기분이 들 때가 있다. 예전에는 쉬웠던 일들이 신체적으로, 정신적으로 힘에 부칠 때도 있다. 아이들은 앞으로도 더 성장할 테고 우리도 앞으로 인생이 반은 더 남았을 텐데 어른이라는 이유로 멈춰 있어도 되는 걸까. 이렇게 사는 게 맞을까. 나쁜 습관은 버려야 하지 않을까. 원하는 미래를 살기 위해 끊임없이 스스로 모니터링하고 반성해야 한다.

　짧은 하루 24시간 중에 취침 시간과 고정된 일과를 뺀다면 실질적인 자유 시간은 정말 몇 시간 없다. 그런데 계획 없는 쉼은 안구 피로만 더하는 시간으로 소모될 수 있다. 이렇게 쉴 수 있는 시간을 낭비해 버리면 휴식도 휴식이 아닌 게 된다. 그 시간이 휴식이나 성장에 도움이 되기는커녕 건강만 해칠 수 있다.

　이런 낭비되는 시간을 막기 위해 자투리 시간을 루틴으로 만들어 활용해야 한다. 나는 오전 시간과 오후 시간을 루틴으로 만들고자 노력했고 잘 정착되지 않는 습관은 '66일 습관 만들기 프로젝트'를 시도하여 실천했다.

　66일 동안 정해진 루틴대로 실천하되 목표하는 루틴은 1가지로 우선 최소화했고 이틀 연속 실패하지 않겠다는 결심으로 시작했다. (단 하루의 실패도 용납하지 않는다면 프로젝트 자체가 너무 큰 스트레스가 될까 봐 이틀 연속 실패하지 않기로 목표를 정했다.) 생눈으로, 수기로 직접 확인하려고 종이 표를 만들어 디데이 1일부터 66일까지와 실제 실행날

짜, 성공 여부를 표시했다. 주변에 반드시 성공하겠다는 굳건한 의지를 밝히고 매일 매일 직접 표시하니 다음 날도 꼭 성공하겠다는 의지가 불탔다.

　이렇게 나만의 취향을 담은 건강한 일상을 루틴으로 만들면 매일 하루를 어떻게 보낼지에 대한 반복적인 고민이 줄어든다. 원하는 루틴을 반복해서 해내면 더 쉽게 원하는 삶에 다가갈 수 있다. 루틴을 매일 성공적으로 해내는 나만의 일상이 어느새 나 자체가 된다.

< 내 취향의 것들 1 > 나만의 소소한 애호

누구에게도 확실하게 말할 수 있는 나만의 애호들이 있다. 본인만의 뚜렷한 애호는 선택의 순간에 기준이 되어주고 메마른 일상을 깨우는 즐거움이 되어준다. 떠올리기만 해도 기분 좋은 나만의 애호들은 일상의 내가 나를 닮은 하루를 살도록 돕는다.

* 색 – 보라색, 회색, 초록색, 탁한 파스텔톤
* 향 – 머스크, 장미, 나무, 비 맞은 풀냄새
* 먹는 것 – 치즈, 연어, 송어, 콩가루, 레몬, 크림, 버터, 초고추장, 말차, 밀크티,
　　　　　아이스 아메리카노, 오레오, 땅콩샌드
* 입는 것 – 가죽 재질의 옷, 블루종, 단순하고 편한 옷, 미니 백, 에코백
* 사는 것 – 미니멀리즘, 화이트&우드
* 노는 것 – 캠핑, 음악 듣기, 글쓰기, 독서, 와식 생활, 혼자 노래 부르기, 걷기
* 아이템 – 디퓨저, 아이패드, 전자시계, 스테레오 이어폰
　　　　　(가끔 스테레오가 귀에서 느껴지면 감동이다. 요즘은 모노가 잘 있
　　　　　지도 않지만, 모노보다 스테레오가 좋다. 우리 귀는 두 쪽이니까.)
* 좋아하는 사람 – 착하고 성실한 사람, 결단력 있는 사람, 배려심 있는 사람,
　　　　　배울 점이 많은 사람, 다정한 사내, 젠틀한 아가씨

< 내 취향의 기록 1 > 나만의 소소한 애호

나만의 취향이 듬뿍 담긴 애호들을 떠올려보고 기록해 보자. 어느 날인가 취향
이 변할 수도 있겠지만 현재의 애호이든, 과거의 애호이든 모두 나를 닮은 좋은
추억이 된다.

(기록일: 년   월   일)

▶

제2장

독단적으로 세상 살기

선택적 호구의 취향껏 사회생활

1
모두에게 호의적이지
않을 권리

좋은 사람을 좋아할 인권.

싫은 사람을 싫어할 자유.

멍청하고 싶을 때 멍청할 인권.

못되고 싶을 때 못되게 굴 자유.

그래도 제정신은 붙잡고 있어야 할 의무.

언제나 선택은 나의 몫.

결과는 성인의 책임.

학교를 마치고 사회에 나오면 자의 반 타의 반으로 여러 가지 조직에 속하게 된다. 그곳에서 만나는 사람들에게 좋은 평가를 받기 위해 모두에게 잘하려고 노력하기도 한다. 하지만 어쩌면 그건 오버페이스이다. 다른 사람의 무지성 평가가 얼마나 중요할까. 그것보다는 '내가 나를 어떻게 생각하느냐'가 훨씬 더 중요하다. 남의 평가에만 골몰하지 말고 스스로 객관적으로 돌아보는 습관이 더 중요하다. 그것이 더 효율적이고 더 효과적이다.

사람은 각자만의 경험과 기준에 따라서 타인도 평가한다. 그러므로 어떤 사람에게는 아무리 노력해도 미달로 평가될 수 있다. 각자 다른 채점표를 가진 모두에게 인정받기 위해 노력하다가는, 정작 스스로 방향을 잃어버릴 수 있다. 모두에게 인정받을 필요는 없다. 모두에게 호의적일 필요도 없다. 그저 나 스스로 떳떳하고 당당하게, 책임감 있게 나의 길을 가면 된다.

나를 깎아내릴 사람은 나의 어떤 노력에도 나를 깎아내리고 나를 긍정 평가하는 사람은 나의 작은 실수들도 좋게 봐준다. 그러니 통제 불가능한 타인의 평가와 시선에 초점을

두지 말고 내가 통제할 수 있는 자신에 대해 스스로 성찰하고 노력하자.

하지만 마음이 가는 사람이 있다면 '마음껏' 잘해주자. 체력과 정신력의 한계를 인정하고, 주변 모든 사람에게 잘게 쪼개어 쏟을 에너지를 선별적으로 집중하여 쏟아붓자. 모두에게 착하고 친절하기보다는 내 에너지를 주어도 아깝지 않은 사람에게만 적극적일 필요가 있다. 이건 상대를 아끼는 일인 동시에 나 스스로 아끼는 일이기도 하다. 나를 잘 모르는 상대가 나를 호구로 생각하고 호구로 대하는 건 늘 경계해야 한다. 하지만 내가 좋아하는 내 사람을 위해 선택적 호구를 자처하는 건 나쁘지 않다. 힘든 세상살이 속에 있는 우리는, 일부러 의식적으로 신경 쓰지 않으면 정작 나에게 잘해주는 소중한 사람은 뒷전으로 밀려 소홀히 대하게 된다. 그리고 나에게 중요하지 않은데도 불구하고 요구가 많은 사람들에게 더 에너지를 쏟게 된다.

소중한 사람들과의 상호작용은 중요하다. 대부분 그런 사람들은 나의 배려와 호의를 그저 받기만 하지도 않는다. 나에게 호의를 요구하지도 않으면서 호의를 받았을 때는 몇 배로 더 돌려주려고 한다. 이런 상호작용은 중요하다. 소중한 사람들과의 상호작용을 통해 따뜻한 느낌을 주고받고 서로에게 더 나은 사람이 되어주려고 노력한다. 그것이 이 짧은 인생에 더 맞는 방향이다. 상대에게 만렙(최고 수준의 단계)의 전투력을 내세우며 진상이 될지 말지를 스스로 선택하고, 호구가 될지 말지 역시 스스로 직접 선택해야 한다. 인간관계에서도 주체성과 주도력을 잃지 말아야 한다.

   나는 본디 착하게 생겨 먹질 못해서(그렇게 생겨 먹고 싶은 마음도 없어서) 모두에게 착한 사람이 되고 싶은 마음은 추호도 없다. 우리에게 에너지라는 자원은 한정되어 있기에 모두에게 착하다는 건 내 소중한 사람들에게 불합리하다. 나는 간도 쓸개도 빼고 싶을 때 빼는 선택적 호구다.

   사회생활을 할 때도 나만의 확고한 기준은 중요하다. 관계를 맺고 있는 상대방이 나에게 어떤 사람이냐에 따라 그를 어떻게 대할지에 대해 생각해 보자. 본인만의 철학과 취향으로 미리 기준을 정해둔다면 사회생활을 겪어내는 당신의 일상도 좀 더 나다워지고 안정감 있게 된다.

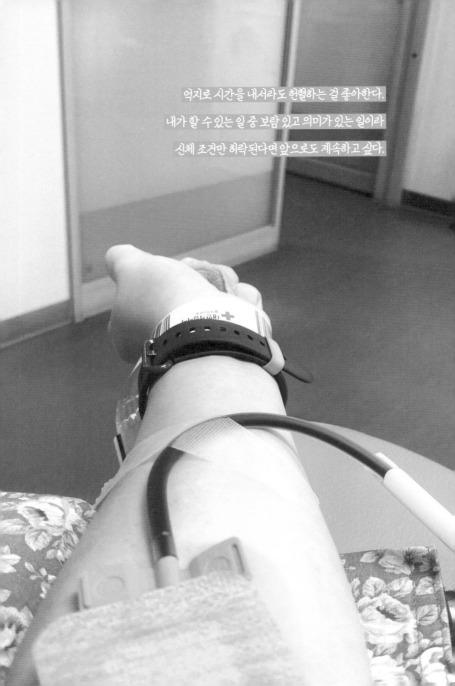

억지로 시간을 내서라도 헌혈하는 걸 좋아한다.

내가 할 수 있는 일 중 보람 있고 의미가 있는 일이라

신체 조건만 허락된다면 앞으로도 계속하고 싶다.

2
한계가 명확한 사람입니다

    나는 나름대로 메타인지가 높은 편이다. 메타인지란 자신의 인지과정에 대해 생각하여 판단하는 능력을 의미하는 개념으로 자신의 능력이나 지식에 대해 스스로 정확히 파악하는 것이다. 쉽게 말해 내가 무엇을 할 수 있고 무엇을 할 수 없는지를 아는 능력이고 내가 얼마나 알고 있고 얼마나 모르고 있는지를 자각할 줄 아는 능력이다. 자신에 대한 주제 파악을 얼마나 잘하고 있는가에 관해 아는 능력이라고도 할 수 있겠다. 메타인지 능력이 높다면 자기 능력과 한계를 더욱 정확히 파악해 시간과 노력을 필요한 곳에 적절히 투자하여 효율을 높일 수 있다.

한계를 정확히 알고 있기에 그에 따라 취침 시간, 기상 시간, 휴식 시간, 하루 계획 등을 정한다. 적정선에서 무리하면 탈이 나고 내가 탈이 나면 내 가족 전체가 탈이 날 수 있다. 스스로 한계를 인식하는 것은 중요한 문제이다. 한계가 명확한 사람으로서 그 한계를 분명히 알고 균형을 잡는 일은 매우 중요하다.

누구에게나 시간은 한정되어 있고 쓸 수 있는 체력도 한정되어 있다. 그래서 본인의 한계를 정확히 알고 한계선을 넘지 않도록 꾸준히 관리해주어야 한다. 특별한 능력 없이 미련하게 성실하기만 한 나는 가끔 스스로 제동을 걸어줘야 했다. 스스로 한계를 인정하고 각성하는 거다.

'나는 한계가 명확한 사람'이라고.

가끔 언론에서 나오는 슈퍼우먼 같은 여성은 될 수 없고 되고 싶지도 않다. 그 사람들이 일과 가정 양립에서 어떻게 그 많은 에너지를 조달하고 분배하는지에 대해서 나는 미루어 짐작하거나 알고 싶지 않다. 나는 이미 나의 한계를 알고 있기 때문이다.

심리학자 매슬로는 욕구 단계 이론에서 인간의 욕구를 5단계로 설명했다. 최하위 단계인 생리적 욕구부터 안전의 욕구, 사회적 욕구, 자기 존중의 욕구, 자아실현의 욕구까지 인간의 욕구가 다섯 단계로 이루어져 있다고 한다. 그중에서 인정 욕구라고도 하는 사회적 욕구는 집단에서 소외되지 않고 소속되어 그 소속에서 인정받고 사랑받으려는 욕구이다. 사회적 욕구는 생존을 위해 무리 생활을 했던 과거에 중요했을 것이다. 홀로 낙오되어 맹수의 위협을 받지 않기 위해 꼭 필요한 욕구였을 것이다.

하지만 현대의 삶은 원시의 삶과 같을 수 없다. 현대의 나는 종종 생각한다. '사회적 욕구가 사람을 망치는 거지'라고.

용쓰고 애쓴 들 무엇이 달라지겠나. 어중간한 중간치의 능력만 갖추고 있는 내가 딱 '나'인 걸 누구보다 잘 알고 있는데 사회에서 더 인정받고 싶은 욕심을 억지로 냈다가는 소모되고 마모되어 나와 내 가족, 사회에서도 지속할 수 있는 사회인으로 기능하지 못할 수 있다. 아이 엄마가 한계에 도전한다는 건 얼핏 진취적인 멋진 일로 느껴질 수도 있겠지만 그런 대외적으로 멋져 보이는 일에 가족의 희생이 얼마나 많이 수반되는지는 아이를 키워본 사람만 알 수 있다. 엄마의 도전에 사랑하는 가족의 오늘이 희생되는 일은 없어야 한다.

나는 분명 직장에서나 가정에서나 성실한 사람이지만 그렇다고 해도 꼭 기억해야만 한다. 무리하지 않도록. 무리해서 되려 큰 민폐가 일어나지 않도록. 아이 키우는 엄마는 더더욱 끊임없이 각성해야 한다. 부질없는 사회적 욕구 따위 경계해야만 하는 분명한 당위가 있다. 맡은 역할들을 소홀히 하라는 의미는 당연히 아니다. 하지만 한계를 위협하면서까지 인정받고 싶어 하는 사회적 욕구는 경계해야 한다.

나도 처음부터 메타인지가 높은 건 아니었다. 예전에 아이들의 꽉 찬 돼지저금통을 깨서 동전을 분류하며 다 셀 때까지 앉아 있다가 허리디스크가 터졌다. 공무원 공부를 할 때 장시간 앉아 있느라 이미 약해져 있던 허리였고 사무실에서도 오래 앉아 있어서 자주 아팠었는데 허리가 약해질 대로 약해진 줄을 모르고 바닥에서 오랜 시간 불편한 자세로 동전 세는 데만 집중하다 일어난 어이없는 사태였다. 허리 병원에서 MRI를 촬영하고 허리디스크(추간판 탈출증)라는 의사의 진단을 받았다. 주사를 맞기 위해 앉아서 기다리는데 나의 미련함에 어찌나 화가 나던지 대기석에 혼자 앉아 눈물을 쭉쭉 흘렸었다. 평소 눈물이 별로 없는 편임에도 불구하고 허리디스크가 터져 나갈 때까지 미련하게 군 스스로가 정말 원망스럽고 어이가 없으며 답답했다. 나는 무리하지 않도록 단속이 필요한 사람이었다.

허리디스크에 관한 이야기를 했지만, 신체에만 한계가 있는 건 아니다. 정신, 집중 등의 문제도 이제는 밀어붙여서 가능하지 않다. 나이가 들수록 한계를 많이 느낀다. 때로는 그 한계에 집중해서 내 몸과 마음이 하는 이야기를 들어줘야 신체와 정신이 망가지는 걸 막을 수 있다.

어떤 목표 달성을 위해서 한계에 도전하는 것도 좋고 필요하다. 하지만 본인의 상황에 맞게 스스로 한계를 분명히 인식하고 그에 대비할 줄 알아야 한다.

우리가 매일 숨 쉬듯이 살아가는 일상은 단기간에 끝낼 수 있는 단거리 경주가 아니다. 자기 페이스를 꾸준히 조절하며 계속 살아가야 한다. 그러므로 자신의 한계를 명확히 알고 대비해야 한다. 사람이 가지고 있는 가능성이 무한할지는 몰라도 우리가 가지고 있는 체력과 정신력에는 분명 한계가 있다.

3
보이는 결과로 규정된다는 것

앞에서 나를 외벌이 가장으로 소개했지만 나는 단순한 외벌이 가장은 아니다. 아이 둘을 낳고 키우다가 이혼한 한부모 가정의 가장이다. 평범한 인생을 살다가 평범하게 결혼했다. 하지만 혼인신고만으로 간단하게 이뤄졌던 결혼에 비해 이혼은 너무 어려운 절차였다. 마음을 정하는 것만으로도 참 어려웠는데 스스로 마음을 정한 후에도 어려운 절차들이 이혼을 막고 있었다. 무력감과 막막함을 강요당하는 기분이었다.

내가 앞으로 살아가기 위해서는 혼인신고로 맺어져 있는 사람과 꼭 헤어져야 하는데 전업주부인 상태로 이혼해서 아이를 키우는 건 불가능했다. (경제적 능력이 없다면 양육권을 가져오기 어렵기 때문이다.) 직업이 있다고 하더라도 당사자 간에 합의될 수 없는 이혼 절차를 진행하는 건 너무 어려운 일이었다. 그렇지만 나와 내 가족이 잘 살기 위해서는 다른 방법이 없다는 집념으로 이혼 절차를 모두 완료했다.

힘들게 이혼했어도 산 넘어 산이었다. 나를 평범한 기혼으로만 알고 있는 주변 지인들에게 나는 모호한 물음표의 인간이 되어갔다. 굳이 묻지 않는 불편한 이야기를 먼저 꺼낼 수도 없었지만, 막상 남편에 관한 이야기가 나올 때도 솔직하게 이야기하기 힘들었다. 다른 사람들까지 불편해할 만한 이야기를 굳이 하고 싶지 않아서 모호한 대답들로 둘러대거나 이혼 전 기준으로 대답하니 거짓말 아닌 거짓말을 하게 되어 기분이 너무 찜찜했다.

이혼 소송을 준비하면서 가족들에게는 미리 내 결심을 이야기했었다. 이혼이 완료되고 나서는 친한 친구들 몇 명에게도 이야기했다. 하지만 그 외에 이혼 사실을 모르는 친척들과 직장 사람들, 동네 이웃들, 아이들의 친구 엄마들을 대하는 건 너무 불편한 일이었다. 가시방석에 앉아 있는 듯 불편하고 불안했다. 특히 우리 아이들에게도 이야기를 바로 하지 못했기 때문에 주변 사람들에게 먼저 솔직하게 이야기할 수 없었다. 아이들이 내가 아닌 다른 사람을 통해 사실을 전달받고 오해가 생길까 봐 그 부분이 가장 불안했다.

그러다 큰 애가 4학년, 작은 애가 1학년이었던 해에 애들 아빠가 아이들에게 이혼에 관한 이야기를 슬쩍 꺼냈다는 얘기를 들었다. 그때는 더 미룰 수가 없어서 아이들에게 우리 가족의 상황을 솔직하게 이야기했다. 아이들은 몇 가지 질문을 했지만, 갑자기 충격을 받은 것 같지는 않았다. 아마 막연하게 짐작하고 있었던 것 같았다. 아이들에게 혼인 관계에 대해 고백하는 일은 오래 미뤄둔 숙제였다. 마음이 후련하기도 했고 아이들에게 고맙기도 했다. 한편으로는 내 마음의 짐을 아이들에게 나누어지게 해서 미안하고 슬프기도 했다.

아이들에게 혼밍아웃(결혼에 관한 커밍아웃)을 한 이후에는 직장과 주변 지인들에게도 굳이 숨기지 않으려고 했다. 하지만 습관적으로 배어 있는 방어적인 대화의 자세가 쉽게

고쳐지지 않았다. 편견이 생길 거라는 막연한 두려움과 불안
도 컸다.

'남편'에 대한 이야기가 사무실에서 나올 때마다 솔직하게
이야기해야 할지 말지를 매번 혼자 고민했지만 솔직한 이야
기가 입 밖으로 쉽게 나오지 않았다. 아이들에게 혼밍아웃
한 후에 직장의 친한 사람들 몇 명에게만 조심스럽게 이야기
했는데 그 동료들과 같이 상의해봐도 결론이 쉽게 나지 않았
다. 보수적인 조직사회에서 굳이 나의 좋지 않은(사실 혼인
상태가 기혼인지 미혼인지 이혼인지는 좋지도 나쁘지도 않
은 가치중립적인 그저 사실일 뿐이라고 생각하지만, 현실은
또 다르다.) 개인사를 밝힐 필요는 없다는 의견과 내가 신경
쓰인다면 솔직하게 얘기하는 게 나을 수도 있다는 의견들이
있었다. 결국 내 마음 편한 게 가장 중요하다는 의견들이었
다.

나는 어떻게 하는 게 마음이 편할까. 가치중립적인 사실이
라고 했지만, 이혼 사실 자체가 생활을 불편하게 하는 것 역
시 부인할 수 없는 사실이다. 먼저 혼밍아웃을 하고 솔직하

게 말하는 게 좋을지, 아니면 그냥 자연스럽게 두고 웬만하면 밝히지 않는 게 좋을지에 대한 결론은 아직도 내리지 못했다.

하지만 그런 사실들 자체로 고민하거나 스트레스를 받지는 않기로 했다. 나 스스로가 나를 가두지는 않기로 했다.

보이는 결과로 규정된다는 건 그 결과가 피치 못한 나쁜 결과였을 때 나의 평판에 치명적일 수 있다. 하지만 그런 외부 사회에서 규정하는 시선들이 내 자체를 흔들 수는 없다. 내가 어떤 스펙을 가지고 있고 어떤 과거를 지나왔다고 하더라도 나는 여전히 나만의 일상을 꿋꿋이 살아가는 그저 '나'이다.

불빛이 있는 밤의 산책을 좋아한다.

어두운 밤 속, 빛이 보이는 풍경의

아름다움에 전율을 느낀다.

불빛이 있는 밤 산책에는

특유의 묘한 두근거림이 있다.

4
편견을 인정해야 할 때도 있다

'세상의 모든 편견과 맞서…'

맞서긴 뭘 맞서. 편견이 생긴 데는 유래와 역사가 있는 거고 빅데이터 축적의 결과 같은 거지. 꼭 100% 맞는다고 할 순 없어도 대략 맞는 경우도 많으니 무조건 무시할 수는 없다. 또한 어떤 특정한 편견에 예민하다는 건 그만큼 위축되어 있는 취약한 부분이 있다는 방증이기도 하다. 뼈아프더라도 인정할 건 인정해야 한다.

실제로 나는 오만가지 편견에 해당하는 사람이다. 그렇지만 나와 관련된 세상의 수많은 편견이 다 틀렸다고 생각하지는 않는다. 어떤 편견들은 누군가가 본인의 이익을 추구하기 위해 만들고 조장했을 수도 있다. 하지만 그 편견들이 세월이 많이 흐른 후에도 세상 사람들에게 받아들여지고 통용되고 있다면 그것이 어떤 의미가 있는 건지 생각해 볼 만하다.

편견이라고 무조건 배척하거나 무시하지 말고, 눈에 쌍심지 켜지 말고, 받아들일 것은 겸허하게 받아들여야 한다. 어떤 편견에 대해 마주했을 때 그것이 나와 관련이 있어 불편한 마음이 든다면 왜 그런 건지, 실제로 그 편견에 해당하는 부분이 얼마나 있는지 솔직하게 들여다보아야 한다.

누구에게나 세상의 편견에 해당하는 부분이 있다. 나는 그렇지 않다고, 나는 다르다고 무조건 부정할 게 아니라 스스로 먼저 돌아보고 불편한 진실을 마주하여 점검해 보자. 나에게 해당하는 부분이 있다면 인정하고 받아들이자. 고칠 수 있는 부분은 고치면 된다. 그렇게 스스로 알게 되고 인정하게 되면 그 누구도 나에 대한 편견으로 나를 휘두를 수 없다. 내가 이미 알고 있는 뻔한 답을 가지고 약점 삼으려고 해봤자 부질없는 공격일 뿐이다. 흔들리지 않을 수 있다.

내가 가지고 있는 나름대로 치명적인 편견은 이혼녀에 대한 편견이다. 이혼녀에 대한 사회적 인식과 평판은 내가 바꿀 수 없다. 나는 좀 다르다고 이야기할 수도 있겠지만 나에게 맞는 부분도 있다. '이혼녀라서 그렇다'는 식의 일반화에는 동의하지 않는다. 하지만 나 역시도 세상의 편견처럼 고집스러운 부분이 있고 감정의 기복이 심하거나 빠른 부분도 있다. 세상의 모든 편견에 모두 부합하지는 않아도 일정 부분 인정할 만하다. 편견에 해당한다는 건 유쾌한 일은 아니지만 스스로 알고 인정하는 건 중요하다. 그래야 내가 다치지 않는다.

　　편견마저도 수용해 버리고 나면 나만의 소중한 일상이 타인의 별것 아닌 지나가는 말들에 타격받아 뒤틀리지 않는다. 그리고 세상의 편견에 해당할 수도 있는 점들을 돌아보며 혹시라도 있을 수 있는 단점들을 스스로 보완해 계속 성장해 나갈 수 있다. 뼈아픈 편견을 부인하느라 진을 빼지 말고 편견을 스스로 안아버리자. '그래, 내가 그런 면도 좀 있지.'라고.

5
숫기는 없지만,
전투력은 만렙입니다

    사람들은 상대의 첫인상을 보고 상대방을 판단하는 경우가 많다. '동물의 습성'을 가지고 있는 '동물'인 우리는 '생존'과 '평화' 등 여러 가지 문제를 해결하기 위해 상대를 빨리 파악하고자 여러 방법을 총동원한다. 그중에 가장 빠르고 쉬운 방법이 '상대를 보이는 대로 판단하기'이다. '집에서 첫째 자녀라면 책임감이 있겠지.'라는 식으로 기본 배경이나 가족관계 등을 가지고도 어떤 류의 인간인지 큰 카테고리에 분류해 놓는다.

    당신은 어떤 인상을 하고 있는가. 나는 작은 체구에 흔한

얼굴, 숫기 없는 성격의 소유자이다. 낯을 많이 가리는 전형적인 내향형 성격에 낯선 곳에 익숙해지는 데도 오래 걸리고 친하지 않은 사람에게는 적극적으로 다가가지 않는다. 보여도 못 본 척 들려도 못 들은 척 내 할 일만 하는 편이다.

그렇게 작고 조용하다 보니 누군가는 나를 '만만한 사람'으로 판단하기도 한다. '만만한 사람'은 어떤 누군가의 카테고리에서 '친근하고 편한 사람'이 되기도 하지만 또 다른 어떤 누군가의 카테고리에서는 '함부로 대해도 되는 쉬운 사람'으로 분류되기도 한다.

이렇게 분류되는 것이 꼭 나쁘지만은 않다. 덕분에 나는 나를 대하는 초반 상대의 태도로 상대의 인성을 판단할 수 있다. 상대가 나를 어떻게 평가하느냐는 큰 문제가 되지 않는다. 문제는 그 평가를 기반으로 나를 대하는 '상대의 태도'이다. 별 볼 일 없는 사람으로 보이는 건 아무 문제도 아니다. 타인의 평가는 지극히 주관적이고 편파적이므로 크게 신경 쓰지 않아도 된다.

관심을 가져야 할 문제는 상대가 나를 별 볼 일 없는 사람으로 보고 '함부로 대할 때' 생겨난다. 그건 상대가 어떤 사람인지를 판단할 수 있는 가장 큰 근거가 된다.

내 할 일만 열심히, 조용히 하고 있는데도 불구하고 상대가 나를 함부로 대한다면 상대는 강약약강인 사람(강한 사람에게 약하고 약한 사람에게 강한 사람)일 확률이 높다. 이렇게 상대가 나를 대하는 태도를 통해 나 역시 상대에게 어떤 자세를 취할지 나의 스탠스도 결정할 수 있다.

어려서부터 특정한 일들에 분노하는 그런 분노 버튼이 있었다. 초등학교 4학년 때 특별 청소 반으로 1학년 교실을 청소하는 걸 맡았었는데 특별 청소 반은 공부 잘하고 성실한 친구들로 구성되어 있었다. (나는 성적은 늘 아주 보통보다 조금 위 정도였지만 성실한 학생이었다.) 1학년 교실을 청소하던 어느 날인가 1학년 담임선생님께서 학부모들과 본인이 1학년 교실을 직접 청소하겠다고 우리는 더 이상 청소할 필요가 없다고 하셨다.

우리는 곧 1학년 교실 옆의 방송반 청소 담당이 되었고 방송반 청소를 하고 있었던 어느 날이었다. 그날따라 나는 청소를 시작하기 전에 더러운 손걸레를 깨끗하게 빨아보겠다고 화장실에서 혼자 한참 걸레와 씨름을 하다 청소구역으로 돌아갔다. 근데 방송반을 청소하고 있어야 할 '공부 잘하고 성실한' 나의 친구들이 1학년 교실에서 학부모들 대신 청소하고 있었다.

나는 이게 뭔가 싶어서 친구들에게 왜 여기를 청소하고 있냐고 했더니 1학년 담임선생님이 자기 반을 청소해주면 포도알을 줄 테니(포도알을 모아서 포도 그림을 완성했을 때 상장 같은 걸 줬다. 그래서 모범생 친구들은 포도알을 성실히 모으고 있었다.) 청소해 달라고 했단다. 나는 포도알에 홀려서 줏대 없이 1학년 창문을 닦고 있는 내 친구들에게 화가 났다. 하지만 그보다 성실한 친구들을 포도알로 꾀어내어 청소구역도 아닌 곳을 갑자기 청소시키는 1학년 담임선생님께 더 화가 났다. 분명 얼마 전에 우리가 필요 없다고 하신 분이었고 덕분에 우리는 이미 청소구역이 바뀌어 있는 상태였다.

화가 나서 그 1학년 담임선생님께 따져 물었다. 왜 학생들에게 포도알을 준다고 꾀어 일을 시키냐, 우리는 방송반을 청소해야 하는데 선생님이 포도알을 가지고 학생들을 꾀어

내는 건 선생님으로서 하면 안 되는 행동 아니냐.

그저 작은 꼬맹이였던 나는 말을 할수록 더 화가 났다. 아마 학교에서 그렇게 화를 내본 건 처음이자 마지막이었고 가족도 아닌 생판 남인 어른을 상대로는 더더욱 처음이자 마지막이었다. 내가 엄청나게 따져대자 교실에 있던 다른 1학년 학부모들이 나와 선생님 편을 들었다. 한통속인 어른들 사이에서 버르장머리 없고 싸가지 없는 학생이 되었다. 지금 생각하면 너무 웃긴 에피소드지만 당시에 나는 정말 심각하고 진지했다.

다음 날 친구들은 내가 화내는 걸 처음 봤다며 포도알을 받고 싶어서 그랬다고 미안하다고 사과했다. 그 어른들에게 나는 그저 싸가지 없는 꼬맹이에 불과했을 테지만 나에게 그일은 여태까지도 생생하게 기억난다.

아주 어렸을 때의 에피소드를 들었지만 지금도 내 생각과 행동은 별반 다르지 않다. 나는 숫기가 무척이나 없는 사람이지만, 전투력은 나름 만렙이다. 누군가가 나에게 부당하게 굴었을 때 피하고 싶다거나 평화적으로 해결하고 싶은 마음은 없다. 소심하고 생각도 많고 얼굴도 잘 빨개지는 편에, 착한 사람을 좋아하지만 정작 나 자신은 착한 사람도 아니거니와 착하게 보이고 싶은 마음도 전혀 없다.

그건 상대를 대할 때 철저한 차별주의자가 되는 이유이다. 나를 대하는 온도가 다른 사람들에게, 같은 온도로 대하는 건 그야말로 불공평하다.

그래서 누군가가 나에게 테이커(주는 것보다 더 많은 이익을 챙기려는 사람)이고 싶어 부당하게 굴 때 주변 직장 동료들에게 최대한 알린다. 뒷담화이든 앞담화이든 부당하게 당한 이야기는 관련된 사람들 모두에게 전체 공개해야 한다. 어떻게 보면 상대에게 좀 잔인한 이야기일 수도 있다. 하지만 이렇게 대하지 않으면 강약약강의 상대는 당한 사람은 물론이고 또 다른 누군가에게도(내가 아끼는 착한 내 동료에게도) 다시 또 쉽게, 계속 빨대를 꽂으며 괴롭힌다.

강약약강의 테이커는 무례하게 굴면서도 본인이 상대에게 테이커라는 사실을 깨닫지 못한다. 혹은 알면서도 모른 척한다. 오히려 본인이 늘 괴로운 피해자라서 상대에게 뭘 받아도 늘 부족하다고 느낀다. 되려 더 받기를 원한다. 테이커들과의 싸움은 무척이나 귀찮은 일이라 테이커들이 좀 알아서 자중하길 바란다.

숫기가 없는 조용한 사람이라고 해서 전투력도 없는 건 아니라고. 약하고 쉬워 보이는 상대일수록 더 배려하고 잘해주라고. 약한 사람을 대하는 태도가 바로 네 인성이니 가지고 있는 인성이 안 되면 노력이라도 하라고. 순하고 평범한 사람들이 본인만의 일상을 지키며 잘 살아가기 위해서는 테이커와의 전투를 피하거나 물러서면 안 된다. 너무나 성가신 일이더라도 그건 어쩔 수 없이 부딪혀야 하는 불가항력적인 싸움이다. 일상을 지키느냐 무너뜨리느냐가 달린 일종의 생존게임이다. 때로는 순한 사람들에게도 뾰족한 발톱이 있다는 걸 보여줘야 한다.

베이스와 드럼이 센 음악을 좋아한다.

좋아하는 음악을 들으면 귓속의 쿵쾅대는 소리에

일상이 더 신나고 재미있어진다.

머릿속이 흥미로운 일들로 가득 차는 느낌이다.

6
불필요한 것들에게 신경 끄기

* 나르시시즘 – 자기애성 인격장애(자기애성 인격 성향)
본인 비판은 수용하지 못하고 자신을 질투해서 부러워한다고
인식, 이상화된 자신에 대한 자기애적 왜곡을 가지고 오로지 '목
적지향'적인 대인관계를 만든다. – 빠른 손절만이 답.

　인간관계에 휘둘리다 보면 정작 내 중요한 것에는 집중하지 못하고 사소하고 치졸한 싸움에 정신이 매몰될 때가 있다. 정작 중요한 중심을 잡지 못하고 작은 것들에 휘둘려 버린다. 관계에 예민하고 소심한 사람들은 특히 더 그럴 수 있다. 상대의 의미 없고 중요하지 않은 말이 마음에 꽉 박혀 다

른 생각들을 할 수 없게 만들 때 그 사소하지만 불쾌한 일을 자꾸 떠올리게 된다. 상대의 잘못이라고 생각하면서도 마음 한편에 '나에게도 문제가 있었던 건 아닐까?' 하는 자기검열과 자괴감이 자꾸 밀려들어 스스로 마음을 더욱 괴롭힌다.

그럴 때는 내 소중한 것들에게 더 집중해야 한다. 중요하지 않은 사람이 생각 없이 한 말에 집착할 필요는 없다. 평소나 스스로에 대해서 충분히 고찰해 보고 있다면 나머지는 통제 불가능하므로 흘려보내야 한다. 그래야 스스로 더 발전하고 내 정신적 자유를 불필요하게 뺏기지 않게 된다.

그 인간관계가 불합리하고 소모적인 관계일수록 우리는 그것을 개선할 궁리는 하지 말아야 한다. 세상에는 상상하는 것보다 훨씬 더 많은 이기적인 나르시시스트들이 있기에 그것에 매번 맞서서 싸우거나 갱생시키려 하는 건 불필요한 소모전이다. 그 소모전은 정작 중요한 것에 집중할 시간을 뺏아 간다. 그 불필요한 관계에서 상대의 잘못에 집착하기보다 내가 나에 대해 생각하고 배우는 기회로 활용해야 한다. 그 관계를 통해 본인이 성장하지 않으면 시간만 뺏기고 마음만 다치게 되니 실속을 차려야 한다.

하지만 바로 앞에서 테이커와의 전투는 피해서는 안 된다고 했다. 테이커와의 전투는 테이커가 나를 통해 무언가를 빼앗아 가려고 할 때 벌어진다.

내가 생각할 때 테이커와 나르시시스트는 비슷하면서도 좀 다르다. 나르시시스트는 스스로에 대한 지나친 사랑과 피해의식으로 상대의 평판이나 마음 따위는 안중에 두지 않는다. 오로지 너무나 사랑하는 자신만을 위해 시비 걸기를 숨 쉬듯이 하는(하지만 세상 무엇보다 소중한 본인은 항상 다른 사람들에게 공격받는 불쌍한 피해자 포지션이기 때문에, 그것이 시비라고 생각하지 않고 정당방위라고 생각한다.) 나르시시스트들과 매번 싸우려 들었다가는 에너지가 남아나지 않을 뿐 아니라 오히려 그런 생활 싸움에 익숙한 그들에게 휘말릴 수도 있다. 그들의 머릿속에 들어찬 생각들에 대해서는 신경을 꺼버리자. (이와는 다르게 테이커는 우리에게 끊임없이 부당한 요구를 해올 수 있으니 부당한 요구를 더 이상 하지 못하도록 피하지 말고 대응해야 한다.)

설사 상대가 나를 나쁜 사람으로 취급한다고 해도 상대의 생각을 내가 바꾸는 건 불가능에 가깝다. 내 머릿속 생각도 내가 조절하기 어려운데 상대 머릿속에 있는, 특히 피해의식으로 가득 찬 나르시시스트들의 생각을 어떻게 바꾸겠는가.

본인에 대한 지나친 사랑으로 나를 나쁜 사람으로 취급하는 나르시시스트에게 억울한 마음이 들더라도 어쩔 수 없다. '네가 생각하는 내가 뭐가 중요해. 내가 생각하는 내가 중요하지.'라는 마음으로 나를 휘두르려는 상대의 생각은 무시해 버려야 한다. 나르시시스트가 평가하는 나에 대해 자꾸 떠올리기보다는 스스로 나 자신을 성찰하는 게 훨씬 중요하다. 나의 일상을 지키기 위해 나르시시스트의 말들은 무시해 버리자. 그리고 나만의 기준으로 자아 성찰에 조금 더 집중해 보자.

7
'꼰대의 라떼' 역할론

    나는 출생 연도상 MZ세대로 분류되지만 사실 꼰대에 더 가까운 세대이다. 대학을 졸업하고 사회에 나온 지 이미 1n년 차인데 사회화가 제대로 된 사람이라면 꼰대여야 정상이지 않을까. 꼰대를 어떻게 정의하느냐에 따라 꼰대를 긍정 평가할지 부정 평가할지가 갈린다. 하지만 내가 생각하는 꼰대는 나쁘기만 하지는 않다. 정해져 있는 규칙을 지키려 노력하고 본인만의 확고한 기준이 있다는 건 좋다. 다른 사람의 이야기에 귀를 닫고 본인 말만 반복적으로 해대는 벽창호, 갑질꾼이라면 문제가 있지만 말이다.

나는 어렸을 때부터 제멋대로 생각하는 습관이 있어서 상식과는 거리가 먼 사람이었다. 누군가가 "이건 당연히 이렇게 해야지."라고 말하면 도대체 왜 그것이 '당연히 그런 것'인지 그 '당위'라는 놈에 쉽게 수긍이 되지 않았다. 늘 합리적이고 친절한 설명이 필요한 사람이었다. 하지만 사회의 여러 가지 규칙과 상식들이 생긴 것에는 역사와 흐름과 이유가 있다. '당연하다'라는 것은 받아들인 사람의 논리인 거지만 사실 이유 없는 결과가 있을까.

꼰대는 그런 오랜 규칙과 질서들을 알려줄 수 있는 사람이다. 무조건 '라떼'를 얘기한다고 나쁘게만 볼 수 없다. '라떼'의 이야기는 무조건 무시하고 비웃을 만한 이야기가 아니다. 과거를 무시하고 어떻게 현재를 제대로 살 수 있을까. '라떼' 이야기만 꺼내도 후배들에게 구식 인간으로 치부되고 비웃음을 당할 때 꼰대는 창피함을 느끼며 쭈그러든다. 자신의 꼰대력을 반성하며 '꼰대처럼 굴지 말아야지.'하고 스스로 다짐한다. (물론 성찰할 줄 아는 꼰대에 한정되는 이야기이긴 하다.)

아니, 왜?

꼰대가 '라떼'를 이야기해주지 않으면 '라떼' 이야기는 어디서 들을 수 있을까. 물론 나도 다른 사람의 구구절절하게 반복되는 이야기를 계속 들을 만한 인내심은 없다. 하지만 섣부른 꼰대 일반화 경향으로 소중한 이야기들까지 불필요한 이야기들로 무조건 치부해 버리면 정작 이야기를 해줘야 할 사람들이 이야기를 해주지 않고 입을 닫아버리면서 또 많은 문제가 생긴다.

마흔을 앞둔, 사회의 중간 나이인 입장에서 나는 나의 '위'도 '아래'도 이해는 간다. 중간 나이가 되니 어린 사람들이 듣기 싫어하는 꼰대들의 쓸데없는 소리가 무엇인지도 알고 있다. 나 역시도 그런 이야기들은 듣고 싶지 않고 사실 잘 귀담아 들리지도 않는다. 하지만 '위'도 '아래'도 서로 돕지 않고 우리는 여러 가지 문제들을 해결할 수 없다. 위에서는 아래를 어리다고, 아무것도 모른다고 무시하고 아래에서는 위를 꼰대라서 요즘의 현실은 모르고 되지도 않을 소리만 한다고 치부할 때 우리는 나아갈 길이 막힌다. 소통의 부재는 해소되지 못하는 비효율의 문제로 이어진다.

　가끔 사람들이 조직의 문제에 대해서 신랄하게 비판하는 것을 듣는다. 하지만 많은 이들이 불만만 많고 본인이 직접 무엇을 바꿔보려 한다거나 노력하려는 일은 하지 않는다. 누군가가 힘들게 만들었고 여러 사람에 의해 개선을 거듭한 시스템들에 불만은 많아도 자기가 나서서 굳이 시스템을 더 개선해야 한다는 책임이나 수고로움은 맡고 싶지 않아 한다. 하지만 문제를 인식한 사람이 개선 의지가 없다면 문제가 개선되지 않는 건 너무나 당연한 이치 아닐까.

　같이 투덜댈 사람들하고만 어울릴 뿐 본인에게 정작 중요한 이야기를 해줄 사람은 쓰다며 뱉고, 쓰디쓴 관계를 이어갈 바에야 고립과 단절을 택한다. 그런 사람의 사회생활은 하루를 버티고 살다 가는 하루살이 같다. 선배들의 이야기는 다 쳐내버리고 그저 내 하루만 잘 앉아 있다 칼퇴근하면 워라밸을 잘 지켰다며 성공적인 하루라고 뿌듯해한다. 그런 이력이 본인에게는 무슨 도움이 될까.

나도 사실 말단 사회인이라 같은 실무자일 뿐이지만 위와 아래 세대를 분리하고 차단하는 사람들은 본인의 인생을 낭비하고 있는 것 같아 안타깝다. 조금이라도 더 일하지 않기 위해 몸을 사리고 있다는 건 충분히 알겠다. 월급 받는 만큼만 일해야 한다는 논리도 충분히 동의한다. 나도 그러고 싶으니까.

하지만 평일 매일 8시간씩 회사에 앉아 있는 그 많은 시간도 결국은 본인의 인생이다. 직장에서 어떻게든 에너지를 덜 쓰기 위해 배우는 것도, 소통하는 것도 포기한 사람들을 보면 스스로 더 값지게 쓸 수 있는 본인의 시간을 왜 저렇게 소모하듯 보내는 건지, 왜 그것을 자랑스럽게 생각하고 워라밸이라고 생각하는지 이해가 되지 않는다. 그건 워라밸이 아니다. 본인의 'work'를 극단적으로 혐오하는데 어떻게 'balance'를 잡을 수 있을까. 그건 워크 앤 라이프 '단절'이자 '분리'이지 워크 앤 라이프 '밸런스'일 수 없다.

'조용한 퇴직'(직장을 그만두지는 않지만 정해진 시간과 업무 범위 내에서만 일하고 초과근무를 거부하는 노동 방식)이라는 단어를 들었을 때 새로 생겨난 그 개념에 공감했다. 노력에 비해 보상은 늘 적다. 우리가 묶여 있는 매일 8시간의 시간에 비해 월급은 턱없이 적다. 투입하는 시간과 노력에 비해 보상은 늘 공정하지 않고 부족하다.

하지만 조용한 퇴직이건 뭐건 어떤 선택을 하건 타인에게 민폐를 끼치지 않는 선에서는 그건 성인의 선택이니 존중할 수 있다. 하지만 본인이 얻을 수 있는 배움의 기회까지 날리지는 않았으면 한다. 더불어 그 작은 보수라도 자신의 몫은 해내야 한다는 건 잊지 말기를.

지금의 아래 세대들도 곧 꼰대가 된다. 20대가 30대가 되고 30대가 40대가 되는 건 당연한 자연의 이치다. 꼰대를 혐오하는 사람이 부하직원을 데리고 팀을 이끄는 위치가 되었을 때 어떻게 팀원들과 소통할지 상상이 되지 않는다. 사회에서 8시간 이상씩 보내는 직장인들의 일상은 세상의 수많은 꼰대에게서 벗어날 수 없다. 꼰대를 악의 축인 것처럼 무조건 배척하지 말고 배울 것은 배우고 쳐낼 것은 쳐내는 기술을 익혀야 하지 않을까. 자신을 위해서, 그리고 앞으로의 젊은이들을 위해서. 그래야 수많은 꼰대와 적절히 소통하며 사회에서의 일상생활도 나답게 잘 꾸려나갈 수 있다.

블루종을 좋아한다.

나의 얼굴형과 체형에 맞는 옷을 입으면

나의 외양도 좀 더 나다워지면서 편안해진다.

꼭 비싸고 좋은 옷이 아니어도

내 취향에 맞으면 늘 옳다.

8
과거의 나로부터 쌓여가는 것

직장에 다니다 보면 나에 대해서 걱정하는 사람들을 만난다. 직장에 늦게 들어와서 나이 어린 사람들이 더 높은 직급이고 하니 지금 말단인 나를 걱정하고 안타까워한다. 하지만 내가 지금의 직장에 늦게 들어온 건 나의 선택이었다. 그러니 걱정할 것도, 안타까워할 것도 없다. 어렸을 때는 공무원이 되는 게 내 선택지에 없었다. 하지만 두 아이를 낳고 키우면서 공무원 공부를 시작했을 때의 그 선택은 한두 가지를 고려한 선택은 아니었다. 그렇기에 내가 공직에 늦게 들어온 건 나에게 큰 문제가 아닐 뿐더러 나의 선택을 후회하지도 않는다. 혹시나 후회되는 때가 온다면 나는 이직 혹은 퇴직 준비를 할 것이다.

   지금 이 직장이 처음 직장이 아닌 만큼 나는 그 이전 직장들에서 많은 것들을 배웠다. 같은 곳에서 처음 사회생활을 시작했더라면 배우지 못할 것들도 많이 배웠기 때문에, 나의 과거 이력들이 나에게는 매우 값지다. 사실 지금도 그 과거 이력 덕을 보고 있다. 어린 나이에 처음 사회생활을 시작해서 같은 곳에서 계속 오래 근무한 분들은 그 짬에서 나오는 특유의 바이브와 내공을 갖추고 있다. 그런 내공은 무척 멋지고 때로는 존경스럽기도 하다. 하지만 나에게는 내 이력 역시 충분히 가치 있고 소중하다.

   나이가 한 살 한 살 늘어나는데 정작 그때는 별로 체감하지 못했다. 뒤돌아서 생각하니 나이는 그냥 먹는 게 아니었다. 그 한 살 한 살에 수많은 경험과 고민, 생각들이 쌓여서 한 해를 이룬다.

   나의 경력들도 마찬가지다. 예전에는 내 경력들을 스스로 하찮고 시간 낭비였다고 생각했지만, 어느새 사회생활을 시작한 지 10년이 넘어가니 어떤 직장에서도 버틸 수 있게 됐고 적응할 수 있게 됐다. 문서 작업이나 생산력 관리, 내 경력을 관리하는 법도 모두 이전 직장들에서 배웠으니 사실 아직도 지금 이전의 직장에서 배운 게 더 많다. 이전 직장들에서 너무 귀한 상사, 동료들을 만났고 경험을 쌓았다. 그 내공들로 현재의 내가 있다. 그것들이 지금 내 역량의 밑바탕이고 근본이다. 그건 한번 활용되고 사라지지 않는다. 앞으로도 내가 나만의 사회생활을 하는 데 중요한 기본 역량들이다. 그러니 자신의 그 어떤 과거도 홀대하지 말고 돌아봐 주자. 과거의 내가 있어 지금의 내가 있다. 과거에 얻었던 경험과 기준들이 지금 내 사회생활의 일상에도 지대한 영향을 끼친다.

< 내 취향의 것들 2 > 취향껏 일상메이트

자연풍경들을 많이 좋아하게 되었다. 하지만 아이러니하게도 사실 엄청 예전부터 전자제품을 좋아했다.

– 내 일상을 함께하는 스마트워치, 블루투스 이어폰, 태블릿 PC와 태블릿 PC
   속의 노트 어플들
– 내 살림을 도와주는 로봇청소기, 식기세척기, 건조기

전자제품뿐 아니라 아날로그의 수첩과 펜도 여전히 좋아한다. 일상을 함께하는 즐겨찾기 아이템들이 있다면 소소한 일상도 더욱 즐겁고 편안하게 지낼 수 있다.

< 내 취향의 기록 2 > 나만의 취향껏 일상메이트

일상에 생기를 불어넣어 주는 나만의 즐겨찾기 아이템들에 대해 떠올리며 기록
해 보자. 나만의 일상메이트들에게 새삼 감사하는 마음과 함께.

(기록일: 년   월   일)

▶

제3장

소중한 것에 집중하기

책임감 있는 개인주의자의 취향껏 사생활

1
소중한 것에 집중할 시간

    우리는 정작 가장 소중한 것들은 급하지 않다며 미뤄두는 경향이 있다. 당장 눈앞에서 급하다고 재촉해대는 회사 일과 집안일들에 치여서 '가족과의 시간'이나 '혼자만의 시간'같이 정작 중요한 것들은 미뤄두게 되고, 미루다 보면 어떤 일이 중요한 일이었고 미뤄뒀던 일인지조차 잊기도 한다. 하지만 의미 있는 삶을 살기 위해서 소중한 것들을 대하는 자세는 다른 무엇보다 중요하다. 의미 없는 과업들에 휩쓸리며 그냥 버텨내듯 하루하루를 보내기만 한다면 사람의 삶이 무슨 의미가 있을까.

    우리를 조용히 기다려주던 소중한 것들이 어느새 모두 사라져 버리기 전에 우리는 소중한 것에 집중하는 법을 알아야 한다.

그러기 위해서는 혼자만의 조용한 시간이 필요하다. 하지만 하루 중 10분이라도 혼자만의 조용한 시간을 갖는 것은 생각보다 쉽지 않다. 조용하고 한가한 시간이면 무의식적으로 핸드폰을 켜게 된다. 혼자 생각하기보다는 다른 사람들이 내어놓은 콘텐츠를 들여다보는 것에 습관적으로 길들어져 있다.

그래서 무엇보다 일부러 시간을 내야 한다. 본인만의 소중한 것들을 정해서 적어 놓고 10분이라도 내어 다시 읽어보고 잘하고 있는지, 어떻게 더 잘할지를 생각해봐야 한다. 우리는 한정된 24시간을 살기 때문에 소중한 것들을 일부러 챙기지 않으면 의미 없는 매일을 살게 될 수 있다. 후회 없는 삶을 사는 건 모든 조건이 안정된 이후로 미루어 둘 일이 아니다. 삶에서 안정된다는 게 있을 수 있을까. 우리가 원하는 조건을 모두 맞출 수 있는 날이 오긴 할까.

그 시간을 기다리지 말고, 미뤄두지 말고 지금 소중한 것들에 집중하자. 소중한 것들에 더 많이 집중하고 더 잘 집중하기 위해 습관을 들이자. 그건 가치 있는 삶을 살기 위해 다른 무엇보다 더 중요하고 의미 있다. 일상의 소중한 것들에 집중하는 습관은 우리의 더 나은 내일도 지켜줄 것이다.

2
이해를 구하지 말고
책임을 다할 것

　이해해 달라고. 나니까, 나는 원래 이런 사람이니까 이해
해 달라고. 가까운 지인들과의 관계에서 은연중 이런 마음이
있었다. 하지만 그런 생각들이 얼마나 이기적이었던 건지 깨
닫고 있는 요즘이다. 이해해 달라는 말은 가까운 사이에서
습관처럼 반복된다. 이해해 달라는 말은 가까운 관계의 소중
함을 담보로 그저 이해해야 한다는 통보에 가깝다.

　오늘은 좀 바빠서 그랬어. 미안해. 이해해줘.
　이번 달은 좀 정신이 없었어. 이해해줘서 고마워.

겉보기에 친절한 이런 말들에게 나쁜 말을 되돌려줄 사람은 많지 않을 것이다. 이해를 구하는 말들은 책임을 회피할 수 있도록 유예기간을 준다.

하지만 사실 우리의 일상은 매번 여유가 없고 바쁘다. 다른 것들에 우선순위를 먼저 두니 그 일들을 처리하기에 바쁜 건 당연한 일이다. 가깝고 착한 지인들과의 관계는 자꾸만 뒤로 미루고 다른 일들에만 우선순위를 두면 우리는 언제 중요한 관계들과 시간을 가질 수 있을까. 다른 일들이 바쁜 건 앞으로도 계속 지속될 일이다. 우리의 일상은 늘 할 일들로 가득 차 있기에 소중한 관계들을 먼저 끼워주어야 한다. 일부러 끼워주지 않으면 매일의 바쁜 일상들에 치여 정작 중요한 것들이 기약 없이 미뤄져 버린다.

우선순위를 정하고 실행에 옮길 책임은 성인에게 있다. 다른 누군가의 지시에 의해서가 아니라 본인이 직접 정해야 한다. 소중한 관계 사이에서 내 상황의 어려움을 들이밀며 이해를 구하지 말자. 이해를 구하는 그 말은 '나에게 당신은 후순위'라는 아픈 말이다.

상대에게 이해를 구하며 이해를 강요하지 말자. 다른 우선순위들을 먼저 돌보겠다는 이기적인 말을 돌려서 하지 말자.

　나의 결정과 행동에 스스로 책임을 지자. 소중한 관계에 충실했든지 혹은 소홀했든지 그 결과는 본인이 책임질 몫이다. 소중한 상대에게 이해를 강요하지 말고 그저 본인 행동으로 인한 결과에 스스로 책임을 지자.

키토제닉 식단을 좋아한다.

아보카도와 연어, 버터를 좋아하는 나에게 잘 맞는 식단이다.

정석적인 키토식이 아니더라도 나름대로 고민해서 먹는 키토식이 좋다.

3
감당할 수 있을 만큼만
마음에 들이기

혼자 아이를 키우는 엄마가 되면서 가지고 있는 살림살이들이 부담스럽게 되었다. 필요하다고 생각해서 하나씩 샀었던 살림들이 어느새 모여 집안의 군대처럼 구석구석 자리에 포진하고 있었다. 어떤 살림은 탱크처럼 무거워 혼자 버리기도 힘들었다. 그래서 좀 더 가벼워질 필요가 있었다.

하지만 경제적인 여유가 있는 건 아니므로 어떤 물건을 비울 때 꼼꼼하게 따져본다. 그 물건이 다시 필요하지는 않을지 충분히 생각해 보고 비운다. 물건을 비우면 새롭게 생겨난 공간이 가족들에게 되레 활기를 불어넣어 준다. 살림살이로 꽉 찬 공간에는 사람이 움직일 자리가 없다. 자릿세도 내지 않고 눌러앉은 살림살이들이 충분한 값어치를 하고, 제 역할을 하고 있는지 생각해 봐야 한다. 공간에 익숙해지지 말고 살림살이들을 가볍게 해서 내가 감당할 수 있는 수준으로 만들어야 한다.

감당할 수 있는 수준의 가벼운 살림은 게으른 사람에게 더욱 좋다. 선반 위의 장식품들은 이웃들과 나누거나 수납장 안으로 넣으면 된다. 선반 위 먼지를 청소할 때 걸리적거리는 게 없어 편하다. 물건의 개수가 줄어든 만큼 물건을 꾸준히 돌봐야 하는 일들도 줄어든다.

내가 물건을 비우거나 새로 고를 때 고려하는 몇 가지 원칙은 비슷한데 일단 원칙에 부합한다면 비우거나 새로 들인다. 아래는 내가 물건을 들이거나 비울 때 생각해 보는 것들이다.

1. 감당할 수 있는(처리할 수 있는) 크기와 무게인지 생각한다.

그 물건이 기능을 다했거나 질려서 없애고 싶어졌을 때 혼자 대형폐기물 처리 장소까지 가지고 갈 수 있는지를 제일 먼저 생각한다. 잠깐 쓸모가 없어졌을 때는 집 안 어디에 어떻게 수납할 수 있을지도 생각해 본다. 특히 가구 배치를 자주 바꾸는 걸 좋아하는 사람이라면 너무 무거운 가구 등은 쉽게 자리 배치를 조정할 수 없어 답답하다. 그러니 혼자서 감당할 수 있는 것들만 들이고 감당이 안 되는 것들은 비운다.

2. 외양이 내 취향인지 생각한다.

내가 좋아하는 내 취향의 외모를 가져야 물건도 질리지 않고 오래 좋아할 수 있다. 취향이 아닌 비주얼인데 값이 싸다고 덜컥 사면 버리고 싶은 마음이 들기도 쉽다. 또한 취향을 고려해서 물건을 골라야 집 안의 다른 물건들과도 튀지 않고 잘 어울린다.

3. 대체할 다른 물건이 있는지 생각한다.

여기저기서 얻은 텀블러들이 멀쩡한 모습으로 있지만 굳이 필요하지는 않고 버리기엔 너무 멀끔하다면 중고 시장 등을 이용해 나누거나 팔면 좋다. 대체할 수 있는 물건을 많이 가지고 있다면 공간만 차지하는 물건은 꼭 비우는 게 좋다.

사실 나 역시도 여전히 많은 물건 속에 살고 있다. 하지만 물건을 비우는 것에 조바심 내며 급하게 무리하고 싶지는 않다. 앞으로도 많은 것들을 비우고 싶지만 언젠가는 사용할지도 모르는 물건들을 모두 버리고 싶지도 않다. 섣부르게 비우면 비슷한 물건을 다시 사게 되기 때문이다. 다만, 일상을 지내면서 집안의 아이템들이 제 역할을 다하고 있는지 생각해 보며 불필요하다면 천천히 비워나가야겠다.

* 소소하게 비운 나의 물건들

1. 식기 건조대
식기 건조대가 있으면 주방을 너무 크게 차지한다. 건조대가 작든 크든 건조대가 있는 공간도 청소를 해줘야 하는데 일단 자리를 차지하고 나면 그 아래편이나 뒤편을 돌보는 게 쉽지 않다. 식기 건조대를 치우고 그 자리에 그릇을 잘 쌓으면 마른 그릇을

바로 정리하게 되고 정리한 후에는 그 자리 자체를 쉽게 돌볼 수 있다. 그러니 식기 건조대가 자리를 너무 차지한다면 일단 베란다로 치우고 며칠을 버텨보자. 적응되고 장점이 더 많다면 빼놨던 식기 건조대는 중고 시장에서 필요한 사람에게 보내면 된다.

2. 이동식 옷걸이

안방에는 옷 몇 벌을 일렬로 걸어 놓을 수 있는 이동식 옷걸이가 있었다. 돌아다니면서 자리를 차지해서 지저분해 보였는데 단정하게 옷이 걸리는 정상적인 옷걸이로 사용되기보다는 옷걸이의 가로 바 위로 옷을 쌓아 올리는 옷 무덤의 온상이 되었다. 그래서 이동식 옷걸이를 중고 시장에 나눔하고 입지 않는 옷들을 줄였더니 원래 가지고 있던 붙박이장과 서랍장만으로 옷 수납이 가능해졌다. 이동식 옷걸이가 없어지니 옷을 어디에 쌓아두기보다는 옷장에 바로바로 걸어 옷장의 활용도가 더 좋아졌다.

3. 소파

덩치 큰 두 덩어리의 소파 중 하나를 이웃에게 나누어 주었다. 작은 집에서 더 넓은 집으로 이사했을 때 그 공간을 꽉 채우고 싶어 했던 욕망을 담아 거실이 꽉 차도록 길이를 열심히 재서 샀던 소파 세트였다. 하지만 꽉 채운 공간보다 적당히 비어 있는 공간이 삶에 더 여유를 준다는 걸 알게 되었다. 두 덩어리 세트의 거대한 소파에서 반쪽이 된 소파는 몸이 가벼워져 필요할 때 쉽게 이동해서 사용할 수 있다. 지금은 큰아이의 반대로 모두 비우지 못했지만, 나중에는 거실에 공용테이블만 두고 남은 소파 하나와 TV도 비우고 싶다.

4. 화장품

이름이 어려운 온갖 피부관리 제품들은 모두 정리하고 정말 꼭 필요한 제품들만 남겼다. 안 쓰는 건 모두 버리고 최소한만 남겼다. 덕분에 화장품이 차지하던 화장대 위가 치워지고 간소화된 화장대는 안방 화장실 수납장으로 들어갔다. 화장에 들이던 시간도 많이 줄었다.

4
인스턴트 재질의
살림이 필요한 이유

이전 직장 퇴직 후 직장 근무를 쉬었을 때 나는 전업주부였다. 하지만 그때는 아이들이 너무 어려서 살림을 잘하는 것도 어려웠다. 늘 인스턴트처럼 대충대충 빨리빨리 최소한으로만 해치웠다.

공무원 공부를 할 때는 도저히 살림할 시간이 나지 않았다. 아이들이 어린이집, 유치원에 있는 시간이나 자는 시간에 공부했기 때문에, 시간이 늘 부족했다. 그래서 전업주부였지만 '나는 (공부하는) 워킹맘이다.'라고 생각하고 아이들이 집에 있는 아침, 저녁, 주말 시간을 이용해서 집안일을 몰아 했다. 전업주부라서 종일 집에 있었지만 (나는 공부도 집에서 했다.) 시간을 정해서 집안일을 하지 않으면 온종일 집안일만 붙잡고 있기에 쉬는 날, 아이들과 함께 있는 시간에 집안일을 몰아서 했었다.

하지만 직장생활에도 어느새 연차가 쌓이고 아이들이 어느 정도 큰 지금도 여전히 살림은 인스턴트 같이 최소한만 간신히 하고 있다. 바닥 청소는 로봇청소기가 한다. 대청소는 하지 않는다. 더러운 곳이 보일 때는 바로바로 닦고 만다. 화장실을 쓰고 나서 세면대나 변기가 더러워 보이면 바로 닦는다. 5분이나 10분 정도만 들이면 되는 일이다. 날을 잡고 대청소를 한다는 건 너무 부담스러운 일이다. 그냥 매일 간단히 치우는 게 좋다.

요리도 여전히 어렵다. 아이들을 잘 먹이기는 해야 하는데 반찬가게에 가면 막상 손이 가는 반찬이 없고 밀키트나 배달 음식은 쓰레기가 너무 많이 나온다. 온전하게 직접 해 먹자니 너무 피곤하고 귀찮다. 하지만 아이 엄마로 오래 살다 보니 애들 입맛에 맞는 음식들은 어느 정도 손에 익게 되었다. 자주 해 먹는 음식은 뻔했지만 대단한 음식을 해줘야겠다는 부담은 내려놓았다. 즉석요리하듯 간단한 양념으로 간단하게 요리하니 애들도 잘 먹고 나도 편하다.

혼자 살든 부양가족들과 함께 살든 성인이 살림을 하는 건 일상생활에 큰 부담이다. 시간도 많이 들고 신경도 많이 써야 한다. 같이 사는 가족들이 있다면 그 부담을 혼자 책임지지 말고 꼭 함께 상의해서 역할을 나눠야 한다. 혼자 산다면 일상생활에 부담되지 않는 정도로 스스로 선을 그어주어야 한다. 살림에 치여 일상생활이 망가지지 않도록 선을 지켜줘야 한다.

5
새벽 기상을 시작하기로 했다

(ft. 해야만 했다)

엄마에게나, 아이에게나 시간은 모두에게 공평하다. 우리는 모두 하루 24시간을 살아간다.

그 한정된 시간을 알뜰살뜰히 보내기 위해 일단 내가 쓸 수 있는 시간부터 찾아봐야 했다. 투두리스트(to do list)에 매여 있는 나의 고정된 시간을 빼고 내가 더 낼 수 있는 시간, 그 시간이 얼마나 될까.

아이 엄마, 직장인으로서 새벽 시간과 저녁 늦은 시간만 남았다. 하지만 저녁에 늦게 자면 새벽에 일어날 수 없다. 젊어서 놀 때야 당연한 자연의 이치를 거스르고 늦게 자고 새벽에 일어나는 게 가능했지만 나이가 들어서는 늦게 자면 새벽에 일어날 수 없다는 걸 몸이 알려주었다. 체력이 없어지니 몸에서 나를 깨우지 않고 그대로 재워버렸다. (내 몸은 알람 소리조차 들리지 않게 귀도 닫아주었다.)

성공한 사람들의 공통적인 생활 습관 3가지로 새벽 기상, 운동, 독서가 있다고 한다. 인생의 성공 여부를 떠나서 그냥 인간으로서 그저 잘 기능하고 살아가려면 꼭 지켜야 하는 3가지가 맞다. 여태껏 쭉 해보지 못했지만 시작해 보기로 했다. 일단 새벽 기상부터.

원래도 아침잠이 많은 편은 아니었다. 고등학교 교사이신 아버지의 출근 시간에 맞춰 가족의 아침 식사 시간도 늘 새벽 6시여서 나의 시계는 또래 친구들보다 좀 빠른 편이었다. 중학교 다닐 때도 집이 워낙 학교와 가까워서 마음만 먹고 일찍 일어나기만 하면 전교에서 1등으로 등교할 수 있었다. 아무도 없는 고요한 아침의 학교는 등교하는 나를 설레게 했다. 집에서 가깝게 걸어서 학교 가는 중학교 시절 내내 나는 거의 항상 1등으로 등교했었다.

하지만 이렇게 부지런 떨던 나의 생활 습관도 아이 엄마가 되니 무색해졌다. 특히 직장에 출근하지 않는 주말에는 조금이라도 더 자고 싶어 이부자리에서 나오는 게 힘들었다. 아이들 아침을 먹여야 하니 일어나긴 했지만, 그마저 아이들이 좀 커지니 자꾸 아침 식사 시간을 뒤로 미뤘다.

몸은 자꾸 게을러졌지만, 직장인으로서 뭔가 더 해야 한다는 의무감과 미래에 대한 불안이 엄습했다. 자기 계발을 해야 할 것 같았다. 할 만한 시간은 새벽 시간밖에 없었다. 저녁에 퇴근하고 와서 아이들 저녁하고 숙제를 챙기다 보면 너무 지쳐서 다른 걸 더 할 만한 엄두가 나지 않았으므로 내가 뭔가를 할 수 있는 에너지를 가진 시간은 새벽 시간뿐이었다. 그래서 새벽 기상을 꾸준히 해보기로 했다.

어려서부터 일찍 일어났던 아침잠 없는 내가 새벽 기상이 힘들었던 건 공무원 공부를 하면서 생활패턴이 바뀐 탓이 컸다. 두 아이를 키우면서 공무원 공부를 했기 때문에 아이들이 잠들고 난 시간부터 새벽까지가 주된 공부 시간이었는데 그때 늦게 자는 습관이 완전히 몸에 배었다. 늦게까지 잠들지 않고 버티던 습관들이 몸에 배어 일찍 자는 게 너무 어려 웠다. 그렇게 늦게 자면서 새벽에 일찍 일어날 만한 체력도 이제 남아 있질 않았다.

　새벽 기상이라는, 쉽게 함락될 것 같고 별것 아닐 것 같았 던 목표를 무수히 반복하여 세우고 무참히 실패를 거듭했다. 자괴감이 들었다. 내가 이렇게 열심히 할 필요가 있나. 애도 키우고 있고 직장도 열심히 다니고 있는데 새벽 기상까지 하 면서 스스로 괴로울 필요가 있나. 이렇게 해서 나에게 뭐 남 는 게 있긴 한 걸까. 괜히 몸만 더 상하는 거 아닐까.
　그나마 가끔 새벽 기상에 성공하는 날이면 머리가 너무 아 프고 무겁고 피곤했다. 일하면서도 생산성이 떨어지고 집에 와서도 아이들에게 괜히 더 짜증을 내는 것 같아 자괴감이 들었다.

　'내가 지금 잘하고 있는 걸까.'

　하지만 그대로 포기할 수는 없었다. 그냥 살던 대로 계속 살고 싶지는 않았다. 그건 생활패턴을 바꿔야만 하는 유일한 이유이자 가장 강력한 동기였다.

　새벽 기상이 어려웠던 이유는 새벽에 있지 않았다. 일찍 잠들지 못하는 늦은 저녁 시간에 있었다. 공무원 시험에 합격해서 직장에 들어온 직후에는 생활패턴이 바뀌지 않고 심란한 일들이 많아 새벽 4시에 자도 6시에 일어나서 출근하는 게 어렵지 않았었다. 워낙 수면시간이 줄어들어 있었고 그때만 해도 몇 살이라도 더 어렸었으니까. 물론 근무 시간에 피곤하긴 했지만 그래도 근무에 지장이 있을 만큼은 아니었다. 새벽 6시 기상도 어렵지 않았다.

　하지만 저녁에 일찍 자고 새벽 4~5시에 일어나서 나만의 할 일을 하는 시간을 갖는 건 너무 어려웠다. 원래 새벽 4시에 자던 사람인데 새벽 4시에 일어나야 한다니. 시간을 4시 반, 5시, 5시 반으로 조금씩 늦춰봐도 어렵기는 매한가지였다.

　무수히 실패를 거듭하던 나의 목표에 자괴감이 극에 달했을 때였다. 혼잣말처럼 '아, 왜 이렇게 못 일어나겠지.'라고 했더니 옆에 있던 큰아이가 '엄마, 포기하지만 않으면 실패는 아니래요. 계속해보면 언젠간 될 거예요.'라고 무심한 듯 따뜻하게 말해주었다.

'그래, 포기하지만 않으면 되지.'

실패하는 날은 실패하는 대로 성공하는 날은 성공하는 대로 계속 도전하다 보면 성공하는 날이 더 많아지고 내 습관으로 굳어지겠지. 잘 안된다고 포기하지만 않으면 언젠가 내 생활패턴도 바뀔 일이었다. 포기해 버리고 싶었던 마음을 잠재우고 목표를 편안하게 받아들이니 도전하는 게 좀 더 쉬워졌다.

그리고 그 일찍 일어난 귀한 성공의 시간이 쉽게 흘러가지 않도록 꼭 전날에 미리 다음 날 새벽 시간을 잘 쓸 방법을 생각해 보기로 했다. 다음 날 새벽에 무엇을 할 건지, 왜 일어나야 하는지 그 동기가 분명해야 했다.

새벽에 일찍 일어나서 하고 싶은 일은 사실 너무 많았다.

운동, 글쓰기, 독서, 영어 공부, 경제 공부, 계획 짜기 등등. 여기서 진짜 나에게 중요하고 급한 일, 나에게 직접 영향을 줄 수 있는 일들을 골랐다. 운동, 블로그 포스팅, 독서, 하루 계획, 지출 관리만 남겼다.

그리고 몇 달이 지난 지금 나의 미라클모닝 루틴은 어느 정도 자리를 잡았다. 여전히 실패하는 날들도 많지만 그래도 계속 미라클모닝의 루틴을 고수하고 있다. 미라클모닝을 함으로써 생겨난 나의 새벽 시간이 나의 일상을 더욱 나답게 만들어주고 있다. 애정하는 시간이 늘어난 덕분에 나의 일상은 더욱 소중해졌다.

* 목표와 전략을 가지고 미라클모닝 도전해 보기

1. 달성 목표는 새벽 기상

– 기존 기상 시간보다 1~2시간 이른 시간으로 정하기

2. 추진 방법은 일찍 자고 일찍 일어나기

– 일찍 자는 게 중요

– 전날 밤에 미리 다음 날 할 일을 명확하고 구체적으로 계획해서 새벽 기상에 대해 동기 부여하기 (예를 들어 '독서'라고 계획하는 대신 『아침의 피아노』 10쪽 읽기라는 식으로 구체적으로 계획하기)

3. 추진전략은 포기하지 않고 계속 시도하기

4. 지속 방안은 성공 기록을 관리하기
 – 도전에 성공한 날을 표시하고 그날 새벽에 무엇을 했는지 기록하며 계속 동기 부여하기
 – 저녁에 일찍 잘 수 있도록 낮잠은 최대한 자제하기

5. 기대효과
 – 성공하는 사람들의 습관인 새벽 기상, 독서, 운동 모두를 해낼 수 있다.
 – 고요한 새벽 시간에 다른 것들에게 방해받지 않고 원하는 걸 할 수 있다.
 – 무엇이든 할 수 있다는 자신감을 느끼게 된다.

* 나의 미라클모닝 루틴

1. 새벽 3시 반 ~ 4시 기상 + 물 한잔 마시기

2. 실내 자전거 40분 타기 혹은 홈트레이닝 + 샤워하기

3. 하루 계획 세우기 + 지출 관리 + 블로그 포스팅

4. 내 아침 식사 + 독서 + 화장

5. 7시 아이들 아침 식사 준비 + 아이들 식사 + 식사 정리(설거

지) + 내 출근 및 아이들 등교

2023년 11월 15일 (수)
03:48

조용한 새벽 시간이 좋다.

새벽 시간에 깨어 있을 때 나는 나다운 일들에 더 몰두할 수 있다.

누구에게도 방해받지 않는 그 고요하고 어두운 분위기와 감성도 좋다.

6
일상을 혼란에
빠뜨리는 함정들

　오늘도 수많은 것이 우리의 눈과 귀에 닿는다. 자칫 중심
을 놓아버리면 눈과 귀에 닿은 것들에 휩쓸리다 하루가 쉽게
지나간다. 또 어떤 날은 누군가의 얕은 말에 매몰되어 감정
을 소모하다 하루가 지나가기도 한다.

　하지만 내가 나를 잘 알고 중심을 잘 잡고 있다면 불필요
한 건 쉽게 흘려보내고 가장 중요한 것들에 집중할 수 있다.
중요한 것들에 집중한 하루들이 모이면 나답게 살면서 내 꿈
을 이룰 수 있다. 우리의 하루는 시간제한을 걸어 놓은 타이
머가 돌아가는 듯 감정 없이 늘 일정하다. 슬픈 날도 기쁜 날
도 모두 쉼 없이 째깍째깍 지나가게 되어 있다.

행복하게 살기만 해도 우리의 시간은 너무 짧다. 조금 더 중요하고 필요한 것들에 집중하자. 행복하게 지낼 수 있는 일들에 집중하자. 하지만 사실 마음먹은 대로 시간을 쓰는 건 쉽지 않다. 늘 돌발상황이 발생하고 많은 것들이 우리를 현혹한다. 할 일은 많은데 너무 많은 일에 압도되어 남는 시간에는 오히려 유튜브나 SNS만 보며 시간을 보내기도 한다. 이렇게 시간 관리에 어려움을 느낀다면 시간 관리 도구를 활용해 보아도 좋다.

나 역시도 허투루 쓰는 시간이 많으면서 늘 시간 부족 탓만 해 시간 관리 도구들을 여러 개 써봤었다. 그중에서 가장 단순하게 시간 단위로 일일 계획을 짜는 게 가장 잘 맞았다.

우선 그날 해야 할 일을 쭉 적고 한 시간에 한 줄씩 시간 단위로 표시한다. 종이를 반으로 접어 왼편에는 그 시간대에 해야 할 계획을 적고 반대쪽 오른편에는 실제로 한 일을 적어넣는 방법이다. 이렇게 하면 본인이 하루에 무엇을 계획했고 해냈는지를 알 수 있고 어떤 시간에 어떤 일을 하는 게 가장 적당한지 생각해 볼 수 있다. 또 하루 안에 본인이 얼마나 많은 일을 하는 게 가능한지, 아니면 불가능한지도 객관적으로 생각해 볼 수 있다. 실제로 이렇게 계획을 하고 리뷰를 해 보면 하루가 너무 짧고 우리가 하루에 할 수 있는 일들이 생각보다 너무 적어서 놀랄 수도 있다.

이런 하루 계획은 전날 저녁에 적어 놓으면 당일 아침부터 계획적으로 하루를 살 수 있다. 단 계획을 너무 빈틈이 없거나 무겁게 잡지 말고 계획이 틀려져도 부담 없이 즐기며 하는 게 좋다. 시간 단위의 세세한 계획은 하루에 얼마만큼의 일들을 감당할 수 있는지 확인하기 위해서이지 스스로 옥죄고 힘들게 하려고 하는 건 아니기 때문이다. 계획이 틀려졌을 때는 변경해가면서 부담 없이 실행하고 실제로 한 일도 솔직하게 적어두면 된다. 자기 전 저녁에 해야 할 일 목록을 쭉 다시 보면서 확인하면 해야 할 일을 얼마만큼 했는지 알 수 있다.

종이 계획표를 짜면 시간 소비를 가장 쉽고 직관적으로 확인할 수 있지만 매일 수기 기록을 작성하는 게 어렵다면 디지털 플래너나 핸드폰 메모장을 활용해서 간단히라도 메모해 주면 좋다. (나는 종이 계획서로 습관을 들였었지만 워낙에 악필이라 요즘은 태블릿 PC에 디지털 플래너로 계획을 짜고 일정을 관리한다. 종이에 적는 것과는 또 다르게 태블릿 화면에 적고 꾸미는 것 자체도 재미가 있어 나에게는 디지털 플래너가 더 잘 맞는 방법이었다.)

이렇게 중심을 잡고 보내는 하루들이 모이면 삶의 주인은 내가 된다. 원하는 대로 하루를 끌고 갈 수 있다. 비록 그 계획이 똑같이 실행되지 않고 많이 변형되더라도 스스로 계획하고 실행해야 한다. 부족한 부분도 스스로 확인하고 다시 보완하면 된다. 계획 없이 하루를 살다 보면 그저 눈앞에 일들만 정신없이 해내기 때문에 어떤 하루를 살았는지 기억조차 못하게 된다.

* 일상을 혼란에 빠뜨리는 나쁜 습관 버리기

무의식적으로 뒤져보는 유튜브
무조건 좋다고 생각하며 목적 없이 읽는 책들
하지 않는 게 더 나을지 모를 이것저것 무한 취미 인생

쉬는 시간에는 무엇을 하는가. 일과를 마치고 약간의 자유 시간이 생기면 무엇을 하는가. 늘 바쁘다가 막상 쉴 수 있는 시간이 되면 제대로 못 쉬고 있지 않은가.

다른 사람 아니고 내 이야기이다. 여유 시간이 생기면 아이패드를 켜고 유튜브에 아무 영상이나 틀어서 멍하니 본다. 도움이 되는 영상을 보겠답시고 건강이나 요리, 살림, 재테크, 캠핑 등에 관한 영상을 찾아보지만 금방 주의력은 흐트러지고 그나마도 시간 낭비인가 싶어 초조한 마음에 틀어놓은 영상을 제대로 보지도 못한다. 영상을 보면서도 건너뛰기나 배속 재생을 하며 더 재밌거나 유익한 영상을 찾아 헤맨다. 그렇게 몇 개를 보고 나면 30분, 1시간은 훌쩍 지나간다. 유튜브 영상들이 기본 10분 정도니까 3편만 봐도 30분을 쉽게 넘는다.

이런 습관들은 시간만 흘러보내지 않는다. 중요한 것들에 집중할 주의력과 에너지까지 소진시킨다. 그러므로 우리가 주의력을 잃지 않고 소중한 것에 더 집중하며 살기 위해서는 오만 가지 유혹을 물리쳐낼 여유시간 계획이 특히 더 필요하다.

* 나의 플래너 쓰는 방법

– 일정 관리에는 '나, 가족, 일'의 3가지 분류를 사용한다. 어느 한쪽으로 치우치지 않기를 바라기 때문에 집중해야 할 과업을 이렇게 3가지로 나누고 우선순위 역시 '1번 나, 2번 가족, 3번 일'로 분류해서 관리하고 있다.

– 시간 관리는 '투자, 소비, 낭비' 시간으로 구분하여 관리한다.
  1. 투자한 시간은 나의 장단기 목표를 위해 도움이 되는 행동으로 한정하고 형광 녹색 하이라이트로 표시한다.
  2. 소비한 시간은 해야만 하는 일들 위주로 구분하고 주황색 하이라이트로 표시한다.

3. 낭비된 시간은 필요 없는 영상을 보거나 불필요한 만남을
   하는 시간으로 한정하고 빨간색 하이라이트로 표시한다.
   이렇게 분리해서 시간을 관리하면 낭비 시간을 없애고 싶
   어진다. 녹색과 주황색 하이라이트를 늘리고 싶어지기 때
   문이다.

기록력을 높여주는 아이패드를 좋아한다.

전자제품을 워낙 좋아하기도 하지만 특히 아이패드는 기록하기 편하고,

편집하기 쉽고, 기록을 다시 꺼내 보기에도 좋다.

7
건강을 잃으면,
꿈도 길을 잃게 돼

　한 살 두 살 먹어가면서 겁이 더 많아진다. 지켜야 할 것도 많고 생각할 것도 많다. 돌이켜 생각해 보면 20대부터 30대 초반까지의 나는 생각이 너무 짧았다. 그러면서도 생각이 짧다는 자각도 없었다. 사회생활을 시작하면 그저 어른인 줄 알았다. 평생 어른이 될 수 없는 '어른이'도 있다는 건 생각하지 못했다.

　30대 중반에 허리디스크가 터지고 나서야 내가 잃을 것이 여전히 많고 지켜야 할 것도 여전히 많다는 걸 깨달았다. 마냥 걷는 걸 좋아하는데 걷는 게 힘들어질 수도 있다니 정말 끔찍했다.

그러면서 생각의 방향도 좀 달라졌다. 미련하게도 소중한 걸 잃고 나서야 그 소중함이 절실해진다.

지금 내게서 커지는 여러 가지 두려움은 경험을 바탕으로 쌓이는 위험 감지 신호일지도 모른다. 하지만 나는 여전히 가능성이 크고 해야 할 일이 많기에 두려움 대신 신중함으로 더 나아가고 싶다. 그러기 위해서는 집 나간 건강을 먼저 되찾아 와야만 했다. 내가 잃어버린 건강에는 여러 가지가 있지만 그중 가장 나를 충격과 혼란에 빠뜨린 게 바로 디스크, 추간판 탈출증이었다.

아이들의 꽉 찬 저금통을 정리하면서 동전과 지폐를 한 자세로 오랫동안 바닥에 앉아서 세고 일어나려는데 일어나지질 않았다. 너무 아팠다. 기다시피 간신히 일어나서 침대에 누웠고 아이들 식사 시간에만 겨우 일어나서 밥을 차려주고 다시 눕기를 반복하며 주말을 보냈다.

침대에 누워서 끙끙대며 구급차를 불러야 할지 허리가 나간 건지 뭔지를 계속 고민했다. 그렇게 침대에만 누워 있는 와식 주말을 보내고 출근해야 하는 월요일이 되니 아픈 게 많이 사라졌다. 원래도 병원 가는 걸 무척 싫어하는데 코로나19까지 심했던 상황이라 병원 가는 일을 미루고 미뤘다. 유튜브를 보면서 허리에 좋다는 운동도 해보고 걷기도 많이 해봤다. 하지만 나중에는 조금만 걸어도 다리까지 너무 아팠다.

직장 동생이 아무래도 디스크 터진 것 같다고 빨리 병원 가라고 할 때만 해도 디스큰데 어떻게 이 정도겠냐며 괜찮다고 했다. 하지만 계속 쉬어도 낫질 않으니 결국 허리 병원에 찾아갔다.

진료를 받는 데 '디스크가 터진 게 맞다'고 했다. 당장 수술해야 할 정도는 아니지만 치료하다 결국 수술하는 경우도 많으니 수술도 같이 고민해 보라고 했고 그날은 주사만 맞고 가라고 했다. 진료를 보고 나서 주사를 맞으려고 혼자 기다리는데 눈물을 참을 수가 없었다.

허리디스크라는 게 왜 그렇게 서럽고 속이 상하던지. 아직 아이들을 안아줘야 할 일도 많고 집에서 힘쓸 일도 많은데 왜 디스크가 터질 때까지 관리를 안 하고 본인 몸을 망쳤는지 자괴감과 기분 나쁜 분노, 뭔지 모를 억울한 감정들이 여러 가지로 엉켜왔다.

건강관리를 못한 내 잘못이라 자괴감도 컸지만 억울함과 분노도 컸다. 상대를 모를 분노였다. 내가 디스크 환자라는 게 인정하기 힘들었고 화가 났다.

지금 챙긴 건강이 10년 뒤의 내 상태로 나타난다는 말을 들은 적이 있다. 10년 뒤 모습은 쉽게 상상하기 어려워 와닿지를 않고 건강관리는 늘 뒷전이 되는데 이제는 건강관리를 더 이상 미룰 수 없는 때가 되었다.

허리가 아파보고 알았다. 내가 좋아하는 사소한 즐거움들도 아프면 아무 의미가 없어진다. 감기만 걸려도 깨닫게 되는 이 사소한 진리를 왜 그렇게 자주 잊는지. 왜 아프기 전에는 건강관리가 항상 제일 뒷전이 되고 마는지.

행복하게 오래 살기 위해서, 소중한 사람들에게 짜증 내지 않는 다정한 사람이 되기 위해서는 가장 먼저 건강한 사람이 되어야 한다. 새벽 시간에 동네 걷기를 하면 9할은 어르신들이다. 허리 건강을 잃은 나처럼 걸음이 불편하신 어르신들도 많다. 나이가 들면서 여기저기 고장 나는 건 어쩌면 자연스러운 일일 수도 있다. 하지만 동네 산책계의 이방인처럼 혼자만 (상대적으로) 젊은이인 걸 보면 좀 쓸쓸하다. 건강을 잃어야만 생존을 위해 이렇게 운동하게 되는구나 싶다. 물론 시간대가 새벽이라서 어르신이 많은 이유가 더 크겠지만 그래도 어르신들과 나는 생존을 위해 하는 운동이 맞다.

불편한 걸음을 갖기 전에 미리 계속 운동했다면 훨씬 더 좋았을 텐데 하는 아쉬움이 남는다. 한편으로는 아직도 망가질 날은 창창히 많으니 지금이라도 부지런히 운동해야겠다는 생각도 든다. 워낙 바깥 운동을 싫어하는 집순이라 요즘은 집에서 실내 사이클과 홈트레이닝으로 운동하고 있는데 바깥 운동이든 실내 운동이든 이제는 정말 잘 살기 위해서 해야만 하는 생존 운동이다.

건강을 잃으면 꿈으로 향하는 길도 잃어버리게 된다. 건강을 잃은 상태로 꿈을 향해 갈 수는 없다. 아직도 운동하는 걸 미루고 있다면 무너진 건강이 내 일상까지 무너뜨리지 않도록 자신에게 맞는 운동을 찾아 시작해 보자. 조금씩이라도 괜찮고, 빼먹는 날이 많아도 괜찮다. 시작해 보고 시도해 보는 게 중요하다. 의외로 적성에 맞는 운동을 찾게 될지도 모른다. 적성에 맞는 운동을 찾아 그 시간이 즐거워진다면 일상 역시 예상치 못하게 더 즐거워질 수 있다.

8
아이들의 '취향껏 일상'을
함부로 미루지 말 것

    공무원 시험에 합격하고 수습 공무원으로 근무하고 있을 때 첫째가 초등학교에 입학했다. 보통은 아이가 초등학교 1학년을 들어갈 때 육아휴직을 많이 쓴다고 들었지만 나는 일단 버텨보기로 했다. 부모님과 내가 처음 며칠은 첫째의 등교를 도왔고 그다음부터는 첫째 혼자 등교했다.

    다행히도 아이는 학교생활에 재미를 붙였고 잘 적응해 주었다. 정말 힘들면 육아휴직을 하려고 했지만 '정말 죽을 것 같다.' 싶은 정도는 아니었다. 내가 아이 엄마라는 걸 아는 직장 분들이 종종 '육아휴직은 썼냐, 언제 쓸 거냐?'를 물었고 나는 둘째 육아휴직 사용 가능 기간이 끝날 때쯤 쓰고 싶다고 늘 말해왔다. 언제 무슨 일이 생길지 모르니 최대한 아껴 두었다가 쓰고 싶었다.

그리고 둘째가 초등학교 입학을 했다. 육아휴직은 아껴둔 채 1학년 생활을 도와주며 근무하고 있는데 생각지도 못하게 갑자기 새로운 부서에 발령받게 되었다. 같은 곳에서 근무하다 둘째가 2학년이 되면 육아휴직을 하려고 했는데(육아휴직은 초등학교 3학년이 되기 전까지 쓸 수 있었다.) 갑자기 새로운 곳으로 발령받아 난감했다. 발령받은 지 몇 개월 안 돼서 바로 육아휴직을 쓸 수는 없었다. 결국 고민 끝에 둘째 2학년 중간부터 육아휴직을 쓰겠다고 미리 말씀드렸다. 아이들 여름방학쯤부터 6~8개월 정도만 휴직하기로 했다.

그렇게 첫째는 5학년, 둘째는 2학년일 때 나의 처음이자 마지막 육아휴직을 썼다. 오랫동안 바쁘게 지내던 정신없는 엄마가 늘 집에 여유롭게 있으니 아이들은 무척 좋아했다. 우리는 한 달에도 몇 번씩 여행을 다녔다.

하지만 외벌이 가장이 휴직했으니 수입은 육아휴직수당, 둘째의 아동수당이 전부였다. 아이들이 학교에 있을 때 소일

거리라도 하고 싶었지만, 공무원은 겸직이 안 되니 동하는 마음은 바로 접었다. 여행을 다니기 위해 들어놓은 소액의 적금도 있었지만 아무리 계산해도 가진 돈은 마이너스가 될 게 뻔했다. 휴직 전에 마이너스 통장을 만들어 놓았고 여차하면 휴직 기간 중 복직할 각오도 했다. 지금 사정이야 어떻게 되든지 아이들과의 소중한 시간을 포기할 수는 없었다.

휴직하고 아이들이 학교에 있을 때는 자녀교육에 관한 책도 읽고 첫째 사춘기에 관한 공부도 했다. 그리고 나름대로 홈스쿨링을 준비했다. 수입이 확 줄었으니 직장에 나갈 때 아이들 뺑뺑이 돌리던 학원들은 더 다닐 수 없어 일단 끊었다.

첫째 공부방과 태권도를 끊었고 둘째도 태권도를 끊고 싶었지만 둘째가 계속 다니고 싶다고 해서 계속 보냈다. 아이들이 다니고 싶다는 방과 후 수업은 신청해줬고 첫째가 다른 친구와 팀으로 같이하던 논술학원도 계속 보냈다.

집에서 하는 공부는 말이 홈스쿨링이지 별건 없었다. 학원을 끊어도 공부를 놓게 할 수는 없었기 때문에 원래 학원에서 공부하던 수준은 유지해 주려고 노력했다. 첫째 아이는 사실 원래도 공부방에서 하던 수학과 영어가 전부였으니 수학과 영어 문제집을 사서 매일 풀기로 했다. 다니던 태권도 대신 줄넘기와 배드민턴을 하기로 하고 내 방문에는 철봉을 달았다. 둘째도 공부 습관을 들이기 위해 수학 연산 문제집을 매일 조금씩 풀기로 했다.

자기 자식은 부모가 가르치는 게 아니라고 들었다. 우리 아버지는 고3 이과생들 수학 교사로 오래 근무하고 퇴직하신 분이지만 나는 아버지에게 수학을 배울 때 도무지 수학이 이해가 안 됐었다. 그런 내가 아이들을 가르치려니 고역이었다. 오랫동안 수포자(수학 포기자)였고 대학에 갈 때도 언사외(언어, 사회, 외국어 영역) 성적만으로 대학에 진학했던 뼛속까지 문과인 내가 아이들에게 수학을 가르치는 건 역시나 어려웠다. 사실 딱히 가르치는 것도 없었다. 아이들에게 공부 시간을 정해주고 셋이 식탁에 모여 앉아 아이들은 문제집을 풀고 채점하고 나는 옆에서 책을 읽었다.

처음에는 첫째가 하기 싫다고 엄청 짜증을 내더니 금방 적응했고 그다음에는 둘째가 할 때마다 엉엉 울었다. 한 문제

풀고 멍때리기를 반복했다. 그래도 해야 한다고 끊임없이 얘기하고 시간을 정해 풀게 하자 많은 양은 아니어도 울지 않고 하루 한 장 30분을 앉아서 풀게 되었다. 나는 교육 전문가도 아니고 평범한 수포자 엄마일 뿐이라 내 방법이 맞는지는 잘 모르겠다. 하지만 아이들이 매일 문제집을 스스로 풀고 채점하며 틀린 걸 다시 풀어보는 과정을 해내고 있다는 사실이 참 다행이었다. 나와의 공부로 실력을 올릴 수 있을 거란 기대는 하지 않았다. 다만 매일 반복되는 공부 습관과 작은 성공 경험들이 아이들에게 성실한 자산이 되어주길 바랐다.

이 글을 읽는 학부모님들은 우리 아이들의 학습량이 적어서 놀랄지 모른다. 하지만 사실 공부는 학교에서 다 하고 오는 게 맞지 않나. (라고 큰아이가 늘 이야기하는데 사실 이론적으로는 맞더라도 현실적으로 안 맞기는 하다.) 현실적으로 안 맞는 부분이 있어도 아이들이 정말 배우고 싶다는 필요성을 알게 될 때 배우고 싶어 하는 걸 가르쳐 주고 싶다. 그전까지 여러 가지 이야기를 많이 나누어 봐야겠지만.

지금 아이들이 배우고 있는 건 수학 문제 하나, 영어 단어

하나보다 숙제를 해나가고 공부를 해보는 습관, 경험들이라고 생각한다. 부모의 가르침은 아이들에게 삶에 대한 태도로 남는다. 스스로 필요를 깨닫는다면 지식이나 방법 자체는 혼자서도 쉽게 터득할 수 있지 않을까.

학생이라고 해서 필요성도 못 느끼는 공부로만 일상이 가득 찬다면 아이들의 행복은 너무 기약 없이 지연되지 않을까. 물론 공부에도 다 때가 있으니 학생의 본분은 공부가 맞다. 그리고 아이들은 자제력이 부족하기에 부모가 공부 습관을 잘 이끌어줘야 한다. 하지만 단지 억지로 하는 공부에만 종일 치이게 된다면 성인이 되기도 전에, 학습의 필요와 기쁨을 느끼기도 전에 번 아웃을 겪게 될지 모른다.

우리 아이들의 일상이 공부에만 매몰되지 말기를 바란다. 아이들의 일상도 자기만의 방식대로 취향껏 보냈으면 한다. 아직은 방법도 잘 모르고 많이 서투르더라도 지금부터 자기가 좋아하는 것에 몰두해보고 또 본인이 해야만 하는 일들과의 균형을 잡기 위해 고민해 본다면 취향껏 일상을 살아가는 실력도 늘어날 수 있다. 그렇게 어른으로 성장한다면 아이들도 본인만의 나다운 일상을 온전히 행복하게 살 수 있지 않을까.

한창 캠핑 붐이 일어났을 때 처음에는 이해하지 못했다. 힘들고 귀찮고 돈이 많이 드는 취미라서 엄두도 내지 못했다. 하지만 오래된 경차를 SUV로 바꿀 계획을 하면서 차박을 꿈꾸게 되었다. 새 차가 나오고 얼마 안 돼서는 육아휴직 예정이었기에 휴직하면 아이들과 차박 캠핑을 가보고 싶었다.

휴직하고 가까운 오토캠핑장에서 두 번의 차박을 했다. 차박만 하는 짧은 일정이었음에도 집 밖에서의 생활을 위해서는 많은 짐들이 필요했다. 아이 둘을 데리고 1박 2일의 캠핑 일정을 혼자 챙기기는 정말 쉽지 않았다.

도착해서 타프를 치고 텐트도 치고 캠핑용품들을 세팅한다. 그리고 나서는 아이들 저녁을 챙겨주고 쌓아둔 짐들을 정리한다. 아이들 놀거리도 챙기며 놀다가 자고 일어나면 아침 준비해서 아침 먹고 치우고 퇴실할 준비를 한다. 애들을 챙겨가면서 이 과정을 혼자 하자니 너무 정신없이 바빴다.

일단 세팅하고 철수하는 데 시간이 좀 걸리고 새로운 환경에서 식사 준비하는데도 시간이 걸리다 보니 생각했었던 '멍' 때릴 시간이라든지 야외에서 책을 읽고 쉴 여유시간이나 체력이 남질 않았다.

새로운 환경에서 아이들에게 위험이 될 만한 것들도 하나하나 챙겨주고 알려줘야 했기 때문에 더욱 바빴다. 더군다나 우리들의 첫 번째 차박은 폭우 차박이었다. 1박 2일 동안 많은 비가 한꺼번에 내렸다 그치기를 반복했다. 그때 타프를 처음 쳐봤는데 치는 동안 내내 비가 쏟아졌다. 내가 왜 편안한 우리 집을 놔두고 돈 내고 여기를 와서 이 고생을 하는지 현타(현실자각 타임. 망상에 빠져 있다 자기가 처한 실제 상황의 현실을 깨닫게 되는 시간)가 좀 왔다.

하지만 캠핑은 뜻하지 않은, 생각지 못한 여러 가지 일에 대처하는 일이다. 우리가 가지고 있던 편안함을 내려놓고 자연에 가깝게 다가가 불편함을 자초하는 일이다. 온전히 자연일 수는 없어도 자연과 가까워지는 일이다. 거기에 캠핑의 매력과 즐거움이 있다.

온갖 종류의 벌레들이 나왔지만, 원래 그곳은 그들의 집이고 우리가 잠깐 빌려 지내는 것으로 생각했다. 그렇게 생각하니 벌레들이 그렇게 밉지 않았다. 갑자기 튀어나오는 벌레들에도 놀라지 않게 되었다. 캠핑에서의 우리 집은 벌레, 그들의 집 그 자체에 우리가 침입자로 임시 숙소를 세워둔 것이다. 그러니 정작 침입자인 우리는 벌레와 서로 놀라지 않도록 침착하게 대처해야 했다.

여전히 캠핑 가려면 걱정도 많고 짐도 많은 캠핑 초보다. 하지만 캠핑은 앞으로도 계속 다니고 싶다. 새로운 곳에서 적응하고 문제가 있으면 해결하고 또 자연과 가깝게 지낼 수 있는 게 너무 좋다. 캠핑 갈 생각을 하면 마음이 설렌다. 꼭 캠핑이 아니더라도 지내던 곳을 떠나 다른 곳을 여행하는 건 일상의 새로운 즐거움이다. 자기만의 즐거운 여행방식을 찾아 새로운 일상을 경험해 보자.

< 내 취향의 기록 3 > 내가 꿈꾸는 새로운 일상

의무적으로 하지 않아도 되는 일들은 마음에 여유와 설렘을 준다. 마음을 설레게 하는 새로운 일상에 대해 생각하고 기록해 보자. 새로운 취미나 여행을 꿈꿔도 좋고 새로운 관계를 맺거나 새로운 목표를 갖는 일도 좋다.

(기록일:　　　년　　월　　일)

▶

제4장

확고하게 나로 살기

너의 시작을 응원해

1
그 평화는 나쁘다

지금 이대로는 뭐 어때?

아무것도 하지 않는 것은 가장 쉽다. 어떤 면에서는 안전하다는 느낌도 들게 해준다. 하지만 가만히 있는 건 정말 안전할까. 어떤 중요한 문제점을 알게 되었다면 그것은 해결해야 할 부분이다. 모른 척한다고 없어지지 않는다. 해결할 수 없을 것 같은 문제들도 포기하지 않고 끝없이 노력한다면 해결할 수 있다.

나는 결혼하고 전업주부가 되었고 아이 둘과 남편이 있었다. 아이 아빠는 공사 직원이었고 딱히 낭비하지 않는 나에게 부족하지 않은, 나름대로 넉넉한 월급을 벌어다 주었다. 하지만 애들 아빠는 내가 견디기 힘든 행동들을 반복했다. 나에게는 맞지 않는 사람이었다. 그래도 애들 아빠는 스스로 미안한 마음이 들 때면 아이들이나 내가 원하는 걸 모두 해 주려고 했다.

부딪치는 일들이 한 번씩 지나가고 나면 집은 태풍이 지나간 자리처럼 고요하고 평화로웠다. 애들 아빠에게는 안정된 직장이 있었기 때문에 나는 내가 원하는 대로 살 수 있었고 갖고 싶은 것도 갖기 쉬웠다. 그래서 아무 일 없는 평화로운 일상을 살고 있을 때면 '그냥 이대로 계속 살까, 버티며 살까?' 하는 마음이 많이 올라왔다. 참고 사는 게 지금 당장은 가장 쉽다는 걸 알고 있었다.

내가 할 수 있는 마지막 보루로 공무원 공부를 시작했을 때는 둘째가 첫 돌을 막 지났을 때였다. 내 독박육아를 지켜보신 친정 부모님은 애들 키우기만 해도 힘든데 왜 공무원 공부를 하려고 하냐고 아이들만 잘 키우라고 반대하셨다. 독박육아 외에 다른 내 상황은 제대로 전하지 않았으니 당연한 반응이었다. 하지만 밖에서 보이는 나의 그 평화는 온전하지도, 오래 지속되지도 않았다. 나와 아이들의 미래를 위해서 그대로 계속 살 수는 없었다. 하루하루가 위태로웠다.

공부를 시작한 지 4개월 만에 본 공무원 시험은 불합격이었다. 그리고 1년 4개월 만에 본 2년 차 공무원 시험에 합격했다. 내가 공무원이 되면 바뀌겠다고 했지만 그래도 변하지 못하는, 오히려 점점 더 선을 넘는 애들 아빠를 보며 이혼을 결심했다. 예상 못했던 일도 아니었다. 변하길 바라는 건 이루어지지 못할 나의 욕심이라는 걸 이미 은연중 알고 있었다. 내가 할 수 있는 차선책을 준비해야 했다.

내가 가진 거라곤 '신규 공무원이라는 불안한 신분'과 먹고 살 수 있을지 확신이 안 서는 '소액의 월급', '아이 둘'뿐이었다. 하지만 언제 무너질지 모르는 모래 위의 위태로운 평화 대신 혼자 다 감당해야 하는 위험을 택했다. 더 바닥으로 내려갈 수도 있다는 불안함은 수시로 찾아왔다. 하지만 그때의 나는 언제 꺼져도 이상하지 않은 바람 앞의 등불이었다. 눈앞에 불어대는 바람을 몰아내지 않으면 어차피 금방 꺼질 처지였다.

더 이상 떨어질 곳도, 물러날 곳도 없었다. 만약 내가 그때 이혼을 생각하지 않고 꼼짝할 수 없을 것 같은 두려운 감정에 압도되어 그냥 무기력하게 전업주부로만 살았다면, 지금의 내가 어떨지 상상조차 할 수 없다. 감당할 수 없는 사람과의 하루하루는 너무 큰 고통이었다. 지극히 평범한 삶을 살았던 내가 갓 돌을 지낸 둘째와 유치원을 다니던 첫째를 독박육아하며 공무원으로 합격하고 독립에 성공했던 건 삶을 포기할 수 없다는 오기와 다소 무모했던 용기 덕이었다. 그 용기는 지금 나에게 큰 자부심이 되었다. 힘든 상황에서 포기하지 않고 원하는 걸 해냈다는 자부심. 남들이 보기에는 별것 아닌 성취일지 몰라도 나에게는 꼭 이루어내야 했던 중요한 일이었다.

결혼생활에 문제가 있다고 이혼을 준비하라는 이야기가 아니다. 이혼하기보다는 서로 잘 살기 위해 노력하는 게 훨씬 더 좋다. 훨씬 더 후유증 없이 쉽고 모두가 행복할 수 있다. 설사 이혼이 최선이라고 할지라도 이혼은 매우 아프다. 이혼을 하기 전은 물론이고, 진행하는 중에도, 하고 난 후에도 매우 아프다. 나와 내 주변이 모두 아프다.

　하지만 때로는 그냥 참고 버티는 게 답이 아닐 때가 있다. 그저 참고 버티다가는 속으로 다 곪고 문드러질 수 있다. 밖에서 볼 때 그것이 평화라고 하더라도. 잠깐씩 드문 평화가 찾아온다고 하더라도. 사실 그건 진정한 평화가 아니다. 그런 상황에서 우리는 혁명을 꿈꿔야 한다. 그것이 너무 힘든 일이라고 하더라도 해내야 한다. 사실 나 역시도 결단을 내리는 건 쉽지 않았다. 고민만 하다가 몇 년을 보냈다. 그저 '이번 생은 망했다.'라는 생각만으로 가득했고 무기력하고 불안했다. 손발이 묶인 사람처럼 어떻게 할 수 있는 방법이 없었다.

　하지만 시간이 지날수록 더 뼈저리게 알게 됐다. 나의 기약 없는 망설임과 우유부단함이 내가 사랑하는 사람들까지 병들게 하고 있었다는걸. 이것은 다른 사람 때문이 아니라 결단 내리지 못하는 나 때문에 생기고 있는 나의 문제라는 걸. 뻔한 답이 이미 나와 있는데도 용기 없는 내가 결단을 내리지 못해서 상황이 점점 더 나빠지고 있다는 걸.

결단을 내리고 상처를 도려내는 걸 해야 하는 사람은 오직 나뿐이었다. 나만 처리할 수 있는 문제였다. 내가 만든 문제들이니까 더 이상 핑계 댈 수도 없이 당장 처리해야 하는 문제. 아픈 날들을 수없이 반복해서 겪고 나서야 깨달았다. 내가 해야만 했다.

그 이전에, 내 결혼은 나의 선택이었으므로 내 실패를 마주해야만 했다. 온전히 나의 결정과 책임이었다는 게 가장 뼈아팠다. 나의 결정으로 내가 사랑하는 내 가족들까지 매우 아파지고 있었으니 문제를 풀 해결책을 다시 스스로 선택하고, 결정하고, 독하게 성공시켜야만 했다.

현재 가지고 있는 그 어떤 문제를 안고 가져갈 수 있다면 행복하게 즐기고, 그렇지 않다면 회피하지 말고 그 문제를 똑바로 들여다봐야 한다. 많이 아프고 힘들겠지만, 해결하는 동안 확신이 없어 많이 두려울 수 있지만, 해결하고자 하는 뜻이 있다면 분명, 길은 있다. 설사 그 해결이 뒤돌아봤을 때 또 최선이 아니고 잘못된 결정일 수도 있겠지만, 그것은 그 시점에서는 알 수 없다. 그러니 우리는 우리가 할 수 있는 현재에 최선을 다하는 수밖에.

현재의 문제를 깨쳐내기 위해서는 미지의 문제를 끌어안아야 한다. 우리는 살면서 많은 문제를 만들고 많은 문제를 해결한다. 그것이 꼭 정답일 수도 없고, 꼭 정답일 필요도 없다. 중요한 건 문제를 정확히 알고 그 문제를 해결하고자 하는 의지이다.

여전히 나는 종종 지금 내 상황이 최선인지를 나에게 스스로 묻는다. 온전히 내가 결정하는 '내 세계'에서 가고 있는 길을 돌아보고 확인하는 건 '내 세계'를 돌보는 주인으로서 당연히 해야 할 일이다.

현재 상황에서 마음에 걸리는 일이 있다면 그것이 왜 마음에 걸리는지 찬찬히 돌아보고 어떻게 바꿀지를 고민해 보자. 현재의 불합리를 이겨내기 위해 새로운 시작을 고민하는 당신을 응원한다. '당신의 용기'가, '뼈아픈 도전'이 당신의 일상을 좀 더 확고하게 당신다운 삶으로 이끌어 줄 것이다.

누군가와 함께하는 여행도 좋지만
혼자 하는 여행도 좋아한다.
길을 잘못 들어 헤매더라도 구애받지 않고
자유롭게 내키는 대로 다니는 게 좋다.

2
핑계에 지지 않도록

우리가 사는 하루는 어제와 같은 날이 없다. 아침부터 저녁까지 비슷한 것 같으면서도 다른 이벤트들이 끊임없이 일어난다. 이렇게 이벤트들이 무수히 많은 만큼 우리는 '본인 스스로와의 약속'을 '불가피하게 지키기 어려운 일'로 만들어 줄 만한 오만가지 핑계들을 가지고 있다.

이런 오만가지 핑계들에 기대어 나와의 약속을 깨버린다면 삶의 주도성은 나에게 있지 못하게 된다. 그리고 외부 환경에 쉽게 휘둘리는 통제 불가능한 삶이 되고 만다. (물론 때때로 다른 일에 우선순위를 먼저 두며 유연하게 해야 할 일을 조정해야 할 때도 있다. 그것이 유연한 조정인지 회피하고 싶은 일을 유예하는 핑계인지는 본인이 찬찬히 들여다보면 알 수 있다.)

　조금 다른 부분에서 생각해 볼 수도 있다. 가끔 주변에서 모든 문제를 남 탓이나 상황 탓으로 돌리는 사람들을 보는데 그런 사람들은 본인이 늘 억울하고 피해자이다. 본인의 잘못은 없고 늘 다른 탓으로 자신이 처한 상황에 대한 원망만 가득하다. 본인이 잘못한 게 없으므로 문제의 해결 역시 본인이 할 수 없는 남의 일이라고 한다. 왜 그러는지 모르는 바는 아니다. 본인 탓으로 인정하게 되면 너무 뼈아프니까 스스로 인정하고 싶지 않은 나름의 방어기제가 발동한 탓이다.

　하지만 그런 상황 인식으로 본인이 얻는 게 무엇일까. 실제로 본인이 문제의 원인이 아니라고 하더라도 문제를 해결하기 위해서는 본인의 아주 작은 역할이라도 찾아내야만 한다. 그래야 그 문제가 내가 '통제할 수 있는' 게 되고 내가 해결할 수 있는 내 능력 안의 범주로 들어온다. 실제로 문제의 해결이 되고 안 되고는 진인사대천명으로 생각하자. 통제 불가능한 부분은 우리가 어쩔 수 없는 영역이니까 논외로 두고 내가 할 수 있는 역할에 집중하자.

　내가 통제할 수 있는 부분을 찾아내서 노력하는 건 내가 해야 할 나의 영역이다. 그런 노력을 기울인다면 문제의 머리채를 잡고 흔들 수 있을 주도성이 나에게 온다. 해결할 수 없을 것 같은 오만가지 문제가 들어차 있더라도 내가 할 수 있는 아주 작은 영역이라도 찾아보자. 그것이 문제해결의 시작이 될 수 있다.

　나의 고유한 일상과 영역들이 외부 의지에 침범당하지 않도록 하자. 침범당했다면 핑계 뒤에 숨지 말고 해결하자. 주도권을 가져온다면 그 어떤 문제도 내가 지키고 있는 균형들을 해칠 수 없다.

3
비우고 또 비우기

보통 사람이라면 미래에 대한 두려움이 마음 한편에 있을지 모른다.

갑자기 돈을 못 벌면 어떡하지?
부모님이 편찮으시면 어떡하지?
내 아이가 갑자기 많이 아프면 어떡하지?
내가 많이 아프거나 사고가 난다면 어떡하지?

바쁘게 살다가도 이런 물음이 갑자기 떠오르면 어쩐지 모두 해결할 수 없을 것 같고 무기력한 마음마저 들기도 한다.

하지만 사실 어떤 일이든, 언제든 일어날 수 있다. 어려움을 극복할 만한 대비가 되어 있을 때 어려움을 만난다면 그래도 좀 낫겠지만 수많은 상황과 변수들을 누가 어떻게 예측하고 대비할 수 있겠는가.

언제든 어려운 상황을 맞을 수 있다. 그럴 때 그것을 잘 받아들이고 해결하기 위해 우리는 여러 가지 상황을 미리 생각해 보고 대비해야 한다. 현실적인 대비는 경제적인 대비를 해두는 게 가장 중요하겠지만 어려움을 대비하는 마인드도 경제적인 대비만큼 중요하다.

다소 엉뚱한 결론일 수도 있지만 나는 일단 가지고 있는 것들에게 집착하지 않으려고 노력한다. 가지고 있는 소중한 것들을 위해 잘하려고 노력은 계속하지만 어떤 것이든 영원하지 않고 우리는 어떤 일이 일어날지 예측할 수 없기에 가지고 있는 것에 집착하지 말고 마음을 비우는 습관을 지녀야 한다.

사회에서 인정받고 싶어 집착하는 인정 욕구도 지나치면 자신에게 독이 된다. 지나치게 잘하고 싶어서, 작은 하나의 실수도 용납할 수 없어서 자신을 괴롭히는 마음은 비워야 한다. 내가 다니고 있는 직장과 나의 삶도 언젠가는 끝이 있다는 걸 명확히 기억해 두어야 한다. 안정적인 직장을 다니고 있다면 더더욱 안정적인 내 직장과의 인연이 끝남으로써 오히려 더 많이 불안정해질 수 있다.

퇴사하기 전에는 여러 가지 미래 상황을 고민해 보고 본인이 현재 쓰고 있는 지출 이상의 현금 흐름이 충분히 확보되어 있는지도 미리 고민해 봐야 한다. 돈을 벌 아이디어만을 가지고 퇴사 후 현금 흐름을 확보하고자 한다면 마음이 초조해져서 새로운 생활에 집중하기 어려울 수 있다. 그리고 퇴사 후 많아지는 본인만의 시간을 어떻게 쓸지도 미리 고민해 보고 재직 중 휴가 등을 이용해서 실제로 퇴직 후에 있을 상황을 미리 체험해 봐야 한다. 시간이 많아졌는데, 제대로 쓰지 못한다면 규칙적인 생활을 하지 못하고 몸과 마음이 엉망이 될 수 있으니 경계해야 한다.

현재의 인생에 대해서도 마지막을 미리 준비해야 한다. 우리가 예측하는 수명이란 어디까지나 통계적이고 확률적인 수치에 불과하다. 따라서 나의 경우가 꼭 평균에 속하지 않을 수도 있다.

사회에서는 죽음에 관해 이야기하는 게 터부시되는 경향이 있다. 하지만 탄생이 신성한 만큼 죽음도 신성하다. 또한 죽음이란 이미 예정되어 있는 확실한 일이므로 미리 생각하고 준비하는 게 맞다. 인위적인 죽음이 아니라면 죽음은 슬프거나 무서운 일이 아니라 너무나도 자연스럽고 당연한 일이다. 단어조차 꺼내지 못하게 하지 말고 주변 사람들과도 평소에 충분히 이야기를 나눠봐야 한다. 본인의 생각도 미리 정리하고 본인의 주변도 미리 준비해 놔야 한다.

시작이 있었듯이 마지막도 있다. 물론 사랑하는 사람을 떠나는 일, 사랑하는 사람이 떠나는 일은 안타깝고 슬프다. 상상만으로 가슴이 미어지는 일이 맞다.

하지만 마지막을 미리 생각하며 사는 건 보험을 들어두듯이 언제 떠나더라도 후회가 남지 않게 대비하는 일이다. 또한 마지막을 미리 생각한다면 당장 마지막이 될 수 있는 오늘, 더욱 최선을 다해 살 계기가 되어줄 수도 있다. 마지막이 있다는 걸 상기함으로써 현재 삶이 더 소중해진다.

내 인생에 정말 힘든 일이 있었던 동안에는 인위적인 죽음을 항상 머릿속에 끼고 살았었다. 누구에게도 털어놓은 적은 없었지만 사실 그때의 나는 그랬었다. 단 하루도 생각하지 않은 날이 없었다. 끊임없이 스스로 생을 마감해 버릴 방법을 고민하고 상상했다.

그래서 지금의 삶을 보너스라고 생각하기도 한다. 물론 나에게 소중한 것들이 너무 많기에 인위적인 죽음은 시도조차 실행에 옮기지 않았지만, 그 당시에는 죽음에 대해 매 순간 생각했었다. 그 고통스러웠던 시간은 지금 내가 삶을 대하는 태도의 밑바탕이 되었다. 무기력하고 부정적인 게 아니라 긍정적이고 밝은 삶의 동력이 되었다. 그 어려웠던 시간보다 더한 어려움은 없을 것이다. 그때 끝났을지도 모를 내 삶이었지만 지금은 보너스보다 훨씬 소중한 삶을 다시 살고 있기에 내가 감당할 수 없는 지나친 욕심은 비우려고 한다.

가지고 있는 걸 소중하게 대하되 집착하지 말자. 지나친 욕심은 차오르고 또 차오르더라도 계속 비워내자. 가지고 있는 것들과 언제든 헤어질 수 있다는 사실을 인정하고 현재에 더 최선을 다하자. 더 소중하게 대해줄 계기로 삼고 아쉬움 없이 행복하게 헤어질 준비도 미리 해두자.

현재의 매 순간에 최선을 다하는 건 오늘 하루의 일상도 내 생각과 취향에 맞게 잘 살아내야 한다는 의미이다. 마지막이 될지 모를 지금, 어느 한순간도 쉽게 흘려보내지 말자.

말차를 좋아한다.

초록빛의 잔한 색도 좋고

쌉싸름한 특유의 맛과 향도 좋다.

4
촌음을 아껴 쓰라

부자에게나 빈자에게나 공평한 건 시간이라고 했다. 24시간으로 모두에게 똑같이 주어지는 시간. 하지만 공평하게 주어진다고 해서 똑같이 쓸 수 있는 건 아니다. 어쩌면 부자에게는 여유를 부릴 선택의 자유가 있지만 가난한 사람은 주어진 시간에 정해진 일만을 해내기도 빠듯할 수 있다. 평범한 사람에게 주어진 24시간은 어떻게 써야 할까.

'촌음을 아껴 쓰라'는 말은 오래된 내 좌우명이다. '촌음'은 매우 짧은 동안의 시간을 뜻하는 말로, '촌음을 아껴 쓰라'는 말은 시간의 중요성을 알고 성실하게 살라는 말이다. 어려서부터 성실성을 중요하게 생각했던 나는 국어 시간에 배운 시

조의 '촌음을 아껴 쓰라'는 이 문구가 마음에 콕 박혀 늘 부지런하게 살려고 노력했다.

하지만 요즘에 다시 생각해 보니 미련하게 성실하게만 사는 건 반대다. 여전히 부지런한 삶을 응원하지만, 그저 부지런하기만 해서는 안 된다. 뚜렷한 목적 없이 시간을 다투며 부지런하게만 산다면 우리에게 남는 건 만성피로와 허무함 뿐일지도 모른다. 생명 연장이 된다고 해도 우리의 시간은 여전히 짧고 할 일은 너무 많다. 또한 여전히 인생의 마지막은 선택할 수 없는 불확실성을 가지고 있기에 우리는 우리의 소중한 시간을 더욱 의미 있게 쓰는 데 몰두해야 한다. 가끔 소중한 사람들끼리 다투거나 사소하고 소모적인 문제로 지나치게 고민하면 시간을 버리는 것 같아 안타깝다.

언제나 가장 중요한 건 시간이다. 중요하다는 걸 머리로는 모두가 알지만 때때로 우리는 우리에게 주어진 시간이 밑바닥을 보일 때가 되어서야 후회하고 조급해한다.

지금도 시간은 가고 있다. 시간은 조금도 기다려주지 않는다. 가지고 있는 목표를 향해 나아가되 자신만의 소중한 가치들도 함께 챙겨가며 나아가야 한다. 언제 끝날지 모르는 인생이다. 아주 길 수도 있고 아주 짧을 수도 있다. 촌음을 아껴 쓰라. 소중한 것들에 더욱 집중할 수 있도록.

5
고요하지 말라,
짱돌을 던질 테니까

뭐 하나 쉬웠던 적 없었어도, 뭐 하나 대단히 어려운 적도 없었다. 내 취향과 내 꿈, 나의 신념에 관해 이야기했지만 나도 나를 잘 모를 때가 여전히 많다. 시간에 따라 변할 때도 있고 예전 생각이 틀렸다고 느낄 때도 많다.

나답게 산다는 건 무엇일까.
나다운 게 무엇일까.
나는 잘 살고 있는 걸까.

근원적인 삶의 고민은 여전히 내 마음 한구석에 남아 답을 내리지 못하고 있다. 확신할 수 없는 마음과 불안, 두려움들. 언제는 맞고 언제는 틀리는 가치들. 그것들 사이에서 골몰하며 계속 들여다보고 생각해야 한다. 가지고 있던 생각들, 주변 사람의 말들에도 꾸준히 의문을 품고 생각해 봐야 한다. 답이 나오건 안 나오건, 그 답이 맞건 틀리건 본인이 본인 삶의 주인이기 때문에 주변에 휘둘리지 않고 나답게 살기 위해서는 꾸준히 생각해야 한다.

주변 사람들 말들에 귀를 닫으라는 게 아니라 오락가락 휘둘리지 말고 주변의 말들을 자신의 상황에 맞게 찬찬히 고찰해 보라는 이야기이다. 근원적인 물음들을 꾸준히 떠올리자. 그러면서 내 삶에 필요하고 중요한 일들에 대해 생각해 보자.

부족한 게 있다면 언제든지 시작하면 된다. 한 치 앞을 알 수 없는 우리에게 '늦은 때'라는 게 있을까. 그저 본인의 판단을 믿어주고 그 판단에 충실하면 된다. 언제든지 시작할 수 있는 용기와 꾸준함이 있다면 무엇이든 이룰 수 있다. 혹시 이루지 못하더라도 그 도전 속에서 무엇이든 배울 수 있다.

지나고 나니 스쳐 간다고 느꼈던 시간도 어느새 내 안에 자리 잡고 쌓여 있더라.

　망설이지 말고 고요함을 깨트리자. 미동 없는 고요한 평화에 짱돌을 던져 움직임을 만들어 내자. 아무것도 하지 않으면 아무 일도 일어나지 않는다고 했다. 더 나답게 살기 위해 생각하고 또 행동하자.

　현재의 나는 독하게 사는 것에 대한 마음이 많이 줄었다. 나이가 들면서 변화를 추구하는 방법이 많이 바뀌었다. 무조건 하나만 보고 독하게 살기에는 부둥켜안고 있는 소중한 것들이 너무 많고 돌봐야 할 것들이 많아졌다. 이제는 주변을 살피며 마음의 여유를 가지고 살아야 하기에 어떤 목표를 추구하거나 루틴을 실천할 때도 예전처럼 독하게 '지금 꼭 성공해야 해.'라는 마음은 많이 버렸다. 독하게 자신을 몰아붙이는 대신 스스로 성찰하고 또 성찰하기를 반복하고 더 나은 방향으로 나아가고자 한다. 하지만 어떤 시작이든 망설이지 않고, 몇 번의 실패가 있더라도 포기하지 않기로 했다.

　목표 달성에 안달 내지 않는 대신 꾸준하고 진득하게 시도

하고자 한다. 포기하지 않으면 실패는 아니라고 했던 큰아이의 말처럼 나는 무리하지 않고 은근히, 또 집요하게 내 신념을 향해 나아가고 있다.

나답게 산다는 건 나의 취향을 알고 내가 좋아하는 것들에게 집중하며 사는 것이다. 나만의 철학을 담은 나만의 기준으로, 나만의 취향껏 일상을 살아야 한다. 나다운 취향껏 일상을 살기 위해 꾸준히 짱돌을 던지자. 고요한 평화를 무수히 깨트리자.

6
성인의 가치

    우리는 세상에 날 때부터 무수히 많은 선택을 한다. 그것이 알고 한 선택이든 모르고 한 선택이든 무수히 많은 선택의 결과가 '지금의 나'이다. 어렸을 때는 어떤 선택을 하든 부모님의 보호 아래였기 때문에 선택에 큰 의미가 없었다. 잘못된 선택을 해도 도와줄 어른이 계시니까. 하지만 어른이 되면 우리는 우리 스스로가 책임지는 선택을 해야 한다. 선택의 무게가 달라진다.

    일을 마치고 돌아오는 길에 종종 성인의 가치에 대해서 생각했다. 우리는 수많은 옵션 중에 무엇을 선택해야 할까. 최선은 무엇일까. 그 선택이 어떤 효용을 주는가. 누구에게 이익이고 누구에게 불이익일까.

옵션들은 늘 만만치 않다. 대부분 조건이 좋지 않은 옵션 중에 최선을 골라야 한다. 어쩌면 차악을 위한 선택일 수도 있다. 하지만 어떤 선택을 했다면 그걸 결정한 건 본인이다. 일단 내린 결정에 대해서는 스스로 믿고 책임져야 한다. 그 결정이 최선의 결과를 가져오도록.

상황이 불리했다고, 주변에서 그렇게 하라고 했다고 변명하는 건 자기에게 마음의 위안을 주는 면피용이 되어줄 수 있을지는 모른다. 하지만 그런 변명으로 상황을 변화시킬 수는 없다. 불리하고 어려운 상황일수록, 주변 이야기들이 서로 다르고 혼란스러울수록 스스로 내린 결정에 대해서 회피하지 말아야 한다. 자신이 선택한 가치들에 확신을 두고 해내야 한다. 그것이 성인이 감당해야 할 성인의 가치와 책임이다.

캠핑을 좋아한다.

평소에는 느끼기 어려운

그 자연스러운 불편함이 좋다.

좋은 장비는 없어도, 어설퍼도

나름대로 고생과 보람이 있어서 좋다.

7
아이들에게
가르쳐주고 싶은 것

    부모의 역할은 자녀의 독립을 돕는 것이라고 한다. 나는 내가 언제든 아이들을 떠날 수 있다고 생각한다. 물론 아이들이 성인이 되기 전에 자의로 떠날 생각은 전혀 없지만, 사람의 인생은 늘 본인 의지대로만 되지 않는다. 그렇기에 불시에 어떤 일이 일어날 수도 있다는 생각은 늘 하고 있다. 비극적으로 느껴질 수 있지만 양육자가 하나인 우리 집에서는 특히 더 생각해봐야 하는 현실적인 이야기이다. 내가 없더라도 아이들이 스스로 잘 해낼 수 있도록 도와주고 싶다.

    아이들의 성공적인 독립을 위해 좋은 습관과 제대로 된 사고방식을 갖게 해줘야 한다. 좋은 습관과 제대로 된 사고방식을 갖게 된다면 그 이후에 내 역할은 아이들을 전적으로 믿어 주고 지지해 주며 사랑해 주는 것. 그것만 남게 된다.

　주변 사람들에게 농담처럼 말한다. 내가 우리 아이들에게 가르쳐 주고 싶은 건 가난과 성실뿐이라고. 농담처럼 가난이라고 표현하지만 실제로 가르쳐 주고 싶은 건 돈이 없는 상태인 가난 그 자체가 아니다.

　모두 갖춰져 있는 조건에서 온실 속 화초처럼 크는 건 원하지 않는다. 스스로 중요한 것들의 필요성을 깨닫고 어떻게 해야 할지 고민해 보길 바란다. 모든 걸 다 가질 수 없기에 선택을 잘하는 게 중요하며 그래도 보상이 항상 공평하게 주어질 수 없는 현실도 깨닫길 바란다.

　어떻게 보면 내가 아이들이 여유롭게 자랄 수 있는 환경을 만들어 줄 수 없기에 가르쳐야만 하는 필연적인 차선책일 수도 있다. 하지만 혹시 내가 부자라고 해도 나는 아이들에게 가난, 정확히 말하자면 '고난'과 '결핍'을 가르쳐 주고 싶다. 내가 말하는 가난은 일종의 고난이자 부족함이 있는 결핍 상태이기 때문에 그것에 대처하고 극복하는 방법을 아는 사람으로 자라길 바란다. 아이들이 어려움을 극복하고 여유 있는 삶을 스스로 살 수 있게 된다면, 또한 어떤 문제가 생겼을 때 적극적으로 고민하고 해결할 수 있게 된다면 내가 가르쳐 주고 싶은 건 아주 성공적으로 가르친 게 된다.

하나 더 중요하다고 생각하는 건 성실이다. 너무너무 진부한 이야기지만 무엇을 이루고자 한다면 성실성 없이는 불가능하다. 재능이 차고 넘치는 이에게도 성실성이 없다면 재능은 무의미하게 낭비되고 만다.

인간은 한계가 분명한 존재이자 한계를 뛰어넘을 수 있는 존재이다. 그러므로 평범한 몸과 마음을 가지고 있다고 하더라도 탄탄한 성실성이 뒷받침된다면 이루지 못할 것이 없다.

진취적이고 도전적인 삶을 살든 안정적이고 평화로운 삶을 살든 그것은 아이들의 선택이겠지만 아이들이 어떤 삶을 추구하더라도 쉽게 포기하지 않길 바란다. 어려움에 대처하고 극복할 줄 알기를 바란다. 아이들이 자신의 꿈을 가꾸기 위해 시간을 허투루 쓰지 않는 성실한 사람이 되기를 바란다. 내가 먼저 그 가치들을 추구하고 실천한다면 나의 등을 보고 자라는 나의 아이들은 자연스럽게 필요한 걸 배우지 않을까.

아이들은 태어나는 것을 선택한 적이 없다. 세상에 태어났더니 부모를 만났을 뿐. 아이를 낳은 건 부모의 선택이다. 그러므로 부모는 본인의 책임을 다해야 한다. 아이들이 성인이 될 때까지 올바른 성장과 독립을 할 수 있도록 도와야 한다. 하지만 사실 부모도 부모는 처음이다. 아이들을 키우면서 아이들보다 내가 더 많이 성장하고 있음을 느낄 때가 많다.

'한 사람'은 '한 우주'다. 우주를 키우고 돌보는 일은 자녀에게도 부모에게도 쉽지 않은 일이다. 많이 생각해야 하고 행동해야 하고 반성해야 한다. 하지만 아이들과 같이 노력하고 같이 고군분투한다면 잘할 수 있다고 믿는다. 노력은 배신하지 않으니까. 어느새 내 일상으로 들어온 소중한 나의 두 우주와 함께, 우리는 각자의 취향껏 일상을 지켜 나가야 한다.

인간은 무엇으로 사는 걸까. 그저 태어났기 때문에 살아내야 하는 인생이라면 너무 슬프고 고되지 않을까. 나는 그냥 사는 삶은 의미가 없다고 생각한다. 우리가 이 우주를 품고 지구에 내려온 건 필연적인 이유가 있지 않겠는가.

그런 이유로 나는 평생 로맨틱한 일상을 살고 싶다. 옆에 함께할 사랑하는 사람이 있고 없고의 문제가 아니라 스스로 내 인생이 로맨틱하다 느낄 수 있을 만큼 평생 낭만적인 인생을 살고 싶다. 마음껏 두근대는 삶을 살고 싶다.
내가 원하는 걸 내 의지대로 하며 설레는 일들에 정신과 육체의 에너지를 쏟으며 살고 싶다. 물론 낭만적인 일상을 추구한다고 해서 현실적인 내 의무와 책임들을 저버리겠다는 건 아니다. 낭만적인 일상을 살기 위해서 현실에 최선을 다하는 건 꼭 필요한 전제이다.

그렇기에 현실의 나와 내가 꿈꾸는 이상의 나는 균형이 필요하다. 현실을 알고 현실을 살지만 내 낭만도 포기하고 싶지 않은 그런 욕심 있는 리얼리스트이자 로맨티시스트로 살고 싶다.

현실을 열심히 사는 사람이 인생의 낭만을 포기하지 않고 꾸준히 생각하는 것만으로도 그 의미가 크다. 틈틈이 내 취향의 로맨틱한 삶을 꿈꿔 보자. 당신이 무엇을 생각하든 당신이 생각한 대로 될 것이다.

평생 지켜나가고 싶은 나만의 로맨틱한 일상에 대해 생각해 보자. 지금 당장은 어려운 꿈이더라도 계속 생각하면 이루어질 수 있다. 큰 꿈도 좋고 소소하고 작은 꿈도 좋다. 나만의 로망을 잔뜩 담은 일상을 기록해 보자. 나만의 로망을 꿈꾸기만 하더라도 오늘 하루가 낭만적인 일상이 된다.

(기록일: 년   월   일)

▶

이야기를 마치며

    글을 쓴다는 건 누구에게도 하지 않은 이야기를 모두에게 하는 것이라고 들었다. 나의 이 첫 책에도 아무에게도 하지 못했던 이야기들이 담겼다. 그래서 더 조금은 걱정스럽고 조금은 설레는 마음이다.

    머릿속 이야기들을 풀어내며 너무 개인적인 이야기가 많지 않나 걱정했다. 나의 실체를 종이 위에 내려놓는 일이 부담스럽기도 했다. 그러면서도 나의 이야기가 읽는 이에게 어떻게 가닿을지 궁금하기도 하다.

    하지만 실체가 없는 글을 쓰고 싶지는 않았다. 나의 이 턱없이 부족하고 편협한 실체가, 밑천이 다 드러난 솔직한 진짜 이야기가 당신에게 진정성 있게 닿기를 빈다. 당신의 마음에 무겁지 않고 스치듯 가벼운 위로와 응원으로 닿을 수 있기를 바란다.

시행착오가 많지만 '나답게' 살고 싶어 지나왔던 나의 시간이 누군가에게는 좋은 의미가 되어 주기를.

더불어 오늘을 열심히 사는 '어른이'들이 본인만의 확고한 취향으로 '나답게 살기 위한 나침반'을 갖기를 바라며 이야기를 썼다.

그 어떤 삶도 옳다.

그러니 당신은 당신의 취향껏 오늘을 살면 된다. 세상에 휘둘리지 않는 나만의 철학을 담은, 나만의 기준으로 세상이 정해놓은 선을 뭉개보자. 나의 소중한 존재들이 쉽게 흘러가 버리지 않도록 내 하루에 내 소중한 존재들을 더 귀하게 담아 나다운 하루를 지내자.

당신의 오늘 하루도 아름다운 당신을 닮도록.